Vorsicht: Stufen!

von

Tatjana Kruse

Swiridoff Verlag

Ein Wort zum Geleit

Die Freilichtspiele Schwäbisch Hall stehen seit über achtzig Jahren für gute Sommerunterhaltung und erstklassige Theaterarbeit. Die Ereignisse in diesem Buch sind völlig frei erfunden, und obwohl Ihnen einige der Personen aus diesem Buch in den Straßen der Stadt tatsächlich begegnen könnten und alle genannten Orte real sind, dürfen Sie beim Lesen eines niemals vergessen: Alles, wirklich alles, ist pure Fantasie!

Inhaltsangabe

Dramatis Personae

Freilichtspiele Schwäbisch Hall
Intendant: Christoph Biermeier
Leitung Künstlerisches Betriebsbüro: Alexander Schmid
Öffentlichkeitsarbeit: Jutta Parpart
Chefdramaturg: Georg Kistner

DIE ZEHN GEBOTE – *Das Musical*

Regisseur:	Lasker Schudrow, 32, angesagter Jungregisseur, je nach Auge des Betrachters entweder genial oder psychisch schwerst gestört
Regieassistentin:	Liese von Bühlow, 28, schusselig, farblos, nicht glücklos
Ausstattung:	Benno Bleibtreu, 25, nimmt seine Arbeit so ernst, wie es nur ein Schweizer kann
Choreografie:	Igor Dugaschwili, 37, Ex-Tänzer, nicht schwul
Bühnenbildner:	Mario Bottini, 30, Modelleisenbahnfan

DarstellerInnen

Moses:	Ron Raimundo, 39, Tenor und – was auch sonst? – Frauenschwarm
Enkelin des Pharao:	Mirabelle Gessner, 38, Diva von eigenen Gnaden, Tochter reicher Eltern
Aaron:	Erhard Frühwirt, 41, "Ich toure auch mit Soloprogramm!"
Pharao:	Gernot Haussmann, 50, Bariton, ausgehaltener Ehemann
Josua:	Franz Finck, 25, spielt seine Rolle nicht, *lebt* sie
Diverse Frauen 1:	Marie Müllerschön, 23, ehemalige "Miss Mosel", Besetzungscouchtalent
Diverse Frauen 2:	Elisabeth von Wellenfels, 23, Tanzmaus

Stunt-Double für Moses:	Jean Belmont, 33, Elsässer mit Film- und Fernseherfahrung
Die Rampensau:	Hertha, 4 ½, Mutter, Nachwuchsschauspielerin, Schwäbisch-Hällisches Landschwein
Pawlow, der Hund:	er selbst

Auch dabei:

Statisten und Statistinnen	(namentlich Clara Pauly, 41, Spätpubertierende oder wahlweise Frühmenopausierende im Hormonrausch) Tobias Klinghammer, 45, Theaterkritiker aus Stuttgart Dietrich Birmer, 54, Intendant eines süddeutschen Staatstheaters Carina Poppinga, 52, stellvertretende Tierschutzvereinsleiterin Bürger und Bürgerinnen von Schwäbisch Hall Angereiste Touristen und Touristinnen Die Mumie

Recht und Ordnung:

Hauptkommissarin Gesine Bauer
Bauer zwo, Gesines Assistent

Und natürlich:

Die Große Treppe von St. Michael

Prolog

Mit einem gurgelnden Laut ging Moses zu Boden. Der jahrhundertealte Sandstein bohrte sich gnadenlos in sein Kreuz. Über sich sah er Schäfchenwolken und den kornblumenblauen Himmel. Und Pharao, der sich mit einem Wutschrei auf ihn kniete und ihm das Gewand über der Brust zerriss. Moses rächte sich, indem er sich in den Umhang des Pharao krallte.

"Du elender Furz!", gellte der Pharao, wenig königlich. "Aus dir mach ich Hackfleisch!"

Da kam auch schon der Höllenhund, um den biblischen Propheten und den Herrscher über Ober- und Unterägypten in das Reich des Todes zu zerren. Oder der Ausruf "Hackfleisch!" hatte ihn angelockt – das war auf den ersten Blick nicht ganz klar.

Hinter dem Höllenhund näherte sich ein weiteres Monster – halb Mensch, halb Schwein – mit verzerrtem Gesicht und Schaum vor dem Mund. Moses spürte den heißen Atem des gewaltigen Tieres und hörte die gellenden Schreie des Fabelwesens. Er sah noch, wie beide sich auf den Pharao stürzten.

Dann schwanden ihm die Sinne.

1. Akt
Lehrjahre einer Spielwütigen

So musste sich Gott gefühlt haben, kurz nachdem er die Erde geschaffen und mit einem Aufseufzen erkannt hatte, dass doch nicht alles gut war und sich zwischen den Highlights wie Sonnenaufgängen und Wasserfällen Murks eingeschlichen hatte. Nämlich der Mensch.

Dachte Regisseur Lasker Schudrow und seufzte schwer. Keine Frage: als Hirte seiner Theaterschäfchen hatte er versagt.

Wenn alles gut ging, würde es "DIE ZEHN GEBOTE – Das Musical" werden.

Nicht *Les Dix Commandements,* ein Musical aus der Feder dreier Franzosen, das im Land von Froschschenkel und *Gauloise* recht erfolgreich war, sondern die Neufassung von Menno Jensen und Wilfried Nägele, die alles bisher Dagewesene sprengen sollte. Aber im Moment hatte es eher den Anschein, als mache die World Wrestling Foundation Station in Schwäbisch Hall.

Auf der ausladenden Treppe von St. Michael lagen der Pharao und Moses verknotet auf den Stufen. Eigentlich handelte es sich um Gernot Haussmann, Bariton, und Ron Raimundo, Tenor.

Das Fabelwesen, das oberhalb des Nabels ein junger Mann von betörender Schönheit und darunter ein borstiges Schwein war, hieß Benno Bleibtreu und war für die Kostüme des Stückes verantwortlich. Das Zerreißen eines mit viel Liebe geschneiderten Kostüms kam für ihn einem Akt der Blasphemie gleich. Monatelang hatte er mit seinem untrüglichen Gespür für die Wirkung der richtigen Kleidung nach diesem Goldbrokat gesucht, hatte mit der halsstarrigen Unbeirrbarkeit eines Berner Oberländers dem Unverstand des Regisseurs getrotzt, der meinte "Das sieht doch außer euch Profis niemand!" Dann hatte er endlich den perfekten Stoff gefunden – und nun meuchelten diese Idioten seine Kreation.

Also fluchte Bleibtreu verständlicherweise Obszönitäten auf Schwyzerdütsch und versuchte den Pharao von Moses herunterzureißen. Natürlich ohne dabei den güldenen Umhang des Pharao zu beschädigen.

Und bei dem Höllenhund handelte es sich um Bernhardiner Pawlow, ein zutiefst friedfertiges Tier, dessen Lebensziel darin bestand, möglichst viele

Menschen liebevoll abzuschlecken und damit in den Genuss seines Sabbers zu bringen, der von der Natur derart konzipiert war, dass durchweg alles, aber vor allem Bernhardinerhaare, daran kleben blieb.

Schwäbisch Hall.

Wer draußen in der Welt "Schwäbisch Hall" hört, pfeift meist als Erstes den *Auf-diese-Steine-können-Sie-bauen*-Jingle. Aber es gibt auch eine Stadt zur Bausparkasse. Eine ganz besondere Stadt mit grandioser historischer Architektur, pulsierender moderner Kultur, abwechslungsreichen Freizeitangeboten, kulinarischen Höhepunkten. Eben die kleinste Metropole der Welt, wie sie sich selbst nennt.

Doch der Wert einer Stadt misst sich nicht an den Sehenswürdigkeiten, den Highlights. Den Wert einer Stadt erkennt man an den Gesichtern der Bewohner und ihrer Gäste. Und wenn man nach Hall kommt, sieht man auf diesen Gesichtern fast immer ein Lächeln.

Schwäbisch Hall – eine Wohlfühlstadt.

Nun ja, wer an diesem Tag, zu dieser Stunde vor der Treppe von St. Michael, diesem Hotspot der Stadt, gestanden hätte, der hätte das womöglich nicht geglaubt.

Denn dort tobte das Chaos. Aber immerhin: der Entertainmentwert war enorm ...

"Er will nur spielen", rief Mirabelle Gessner, die gar nicht das Frauchen von Bernhardiner Pawlow war, die aber immer und zu allem ihren Senf abgeben musste. Sie hatte den Riesenhund am buschigen Schwanz gepackt und wollte ihn von den rangelnden Männerkörpern wegziehen. Ein hoffnungsloses Unterfangen – der Bernhardiner wog weitaus mehr als sie. Er bemerkte nicht einmal, dass da jemand an seinem Hinterende hing.

Trotz ihrer 38 Lenze konnte Mirabelle optisch die Adoleszente noch plausibel verkörpern, darum spielte sie in "Die Zehn Gebote – Das Musical" die Enkelin des Pharao, die sich in den charismatischen Moses verliebt. Dummerweise war sie im wirklichen Leben die Frau des Pharaodarstellers, hatte sich aber dennoch in den charmanten Tenor verguckt, der den Moses gab. Der Pharao hatte mit seiner nicht zum Stück gehörenden Kostümzerreißnummer überprüfen wollen, ob seine Frau seinem Nebenbuhler tatsächlich die Goldkette geschenkt hatte, deren Rechnung – ausgestellt von einem örtlichen Juwelier – er zwischen ihrer Reizwäsche in der Hotelkommodenschublade gefunden hatte.

Der angesagte Jungregisseur Lasker Schudrow, der mit einer aufsehenerregend modernen Inszenierung der Bühnenfassung des Wiener Telefonbuchs am Burgtheater weltweit für Furore gesorgt hatte und nur wegen seiner – wie er glaubte – mit der Durchschnittlichkeit normaler Menschen nicht kompatiblen Genialität an einer "Cabriobühne", sprich: einem Freilichttheater, gelandet war, zupfte sich am ergrauenden Pferdeschwanz, warf seiner Gurkentruppe, wie er sie gern zu nennen pflegte, einen säuerlichen Blick zu, atmete heftig aus, setzte das Megafon an die Lippen und rief: "Pause!"

Dann drehte er sich zu seiner Regieassistentin um und sagte: "Ich kann so nicht arbeiten. Besorg' mir ein 'Mohrenköpfle'!"

Clara Pauly pustete sich eine Strähne aus dem Gesicht, um besser sehen zu können, wie die schusselige Regieassistentin Liese von Bühlow sofort in den Goldenen Adler trabte, um ihrem Chef beflissen das gewünschte Bier zu besorgen, dessen Name – 'Mohrenköpfle' – nicht liebevoll schwäbelnd das Bild eines Afroamerikaners aus der früheren Besatzungsmacht hervorrufen sollte, sondern der Kosename für das schwarzbehauptete einheimische Schwäbisch-Hällische Landschwein war. Quasi das Bier zum Braten. Auch bratenlos lecker.

Liese von Bühlow besaß absolut keine Persönlichkeit und sagte immer nur "dings" und "äh", und schon wenige Sekunden, nachdem sie einen Ort verlassen hatte, war es den Zurückgebliebenen unmöglich, sich an ihre Gesichtszüge zu erinnern. Aber sie war die Effizienz in Person. Dennoch begriff Clara, die ihr Leben lang versucht hatte, spürbaren Eindruck zu hinterlassen, nicht, wie jemand sich so zurücknehmen konnte.

Es war 11 Uhr 55 vormittags, an einem brütend heißen Mittwoch Ende Mai. Man konnte sich nicht vorstellen, dass noch vor einem Jahr um diese Zeit die Truppe bei Graupel und Bodenfrost beinahe erfroren wäre. Ein Hoch auf die Klimakatastrophe!

Wer bei dieser Probe nicht gerade auf den Stufen zu tun hatte, saß unter einem Sonnenschirm zu Füßen der Treppe, im Dunstkreis des Regisseurs, der seine 'Familie' gern um sich scharte. Nur die fünf Musiker – ein Posaunist, ein Sackpfeifer, ein Kora-Spieler, ein Trommler und ein Geiger – harrten oben im Schatten des steinernen Erzengels Michael aus. Schudrow hätte ja gern ein Sinfonieorchester engagiert, aber das hatte ihm der Intendant aus Budgetgründen ebenso verwehrt wie das Wagenrennen à la Ben Hur.

Clara spielte zum ersten Mal als Statistin bei den Schwäbisch Haller Freilichtspielen mit. Genau genommen spielte sie überhaupt zum allerersten Mal.

Wenn man Clara bitten würde, sich selbst zu beschreiben, würde sie sagen: "Eine Frau mittleren Alters, dennoch am Anfang eines neuen Lebens. Äußerlich kein Hingucker, aber ein Vulkan im Inneren." Seit ihrer Scheidung hatte sie von den Unterhaltszahlungen ihres Mannes gelebt und sich irgendwie ungebraucht gefühlt. Doch dann war es wie aus heiterem Himmel über sie gekommen: die Erleuchtung, was sie mit dem Rest ihres Lebens anfangen sollte. Sie würde Schauspielerin werden, dazu fühlte sie sich schlagartig heftig berufen. Etwas in ihrem Innern sagte ihr, dass sie eines Tages die Welt begeistern würde, und sie brannte, ja loderte danach, es allen zu zeigen. Nur wollte es niemand sehen. Keine Schauspielschule, kein Agent, nicht einmal ein Laientheater. Darum hatte sie sich, als sie in ihrer Hamburger Tageszeitung las, dass eine neue Musicalproduktion noch Statisten suchte, umgehend gemeldet. Und wurde genommen! Doch dann wurde die Produktion wegen schwerer, nicht zu überbrückender Gegensätze zwischen Intendanz und Regisseur kurzfristig in die süddeutsche Provinz verlegt. Sie hatte sich als einzige Anwärterin auf einen Statistenposten bereit erklärt, auf eigene Kosten für vier Monate nach Schwäbisch Hall zu ziehen, wohin die Produktion quasi verkauft worden war.

"Ehrlich, das ist nicht nötig", hatte man ihr gesagt. "Wir finden in Schwäbisch Hall genug Statisten."

"Nein, ich komme gern!", hatte Clara insistiert, wie immer taub für zarte Anspielungen.

Was nichts kostet, nimmt man – nicht nur am Theater – mit Kusshand, also fand sich Clara eines Tages auf der Großen Treppe von Schwäbisch Hall wieder.

Die Große Treppe von St. Michael.

500 Jahre war sie nun alt, sah aber für ihr Alter noch verdammt knackig aus. Manch einen erinnerte sie an eine steingewordene Welle, deren Stufen in der Mittagshitze wie kleine Schaumkronen flirrten, andere sahen ein umgekehrtes Amphitheater in ihr.

Sie selbst war einfach da. Mächtig und ausladend. Und freute sich des Lebens. Es konnte ihr gar nicht umtriebig genug zugehen. Wenn sie spürte, dass Menschen voller Begeisterung und Leidenschaft ihre Stufen auf- und abliefen, dann fühlte sie sich glücklich.

Und ja, wer von der Rathausmauer aus nur lange genug auf die Stufen sah, der merkte: die Treppe lächelte!

Es war am Freilichttheater Schwäbisch Hall nicht üblich, fremde Produktionen einzukaufen. Hinter den Freilichtspielen stand ein wohldurchdachtes Konzept, das allenfalls durch Co-Inszenierungen mit anderen Häusern ergänzt wurde, nicht aber durch Package-Einkäufe völlig fremder Produktionen.

Doch in diesem Fall hatte das Schicksal seine Hand im Spiel: Es ließ den für die ursprüngliche Produktion geplanten Regisseur schwer verunfallen (keine Sorge, nach dreimonatiger Reha geht es ihm mittlerweile wieder glänzend), und kaum war in letzter Minute ein adäquater Ersatzmann gefunden worden, erkrankte der vorgesehene männliche Hauptdarsteller nach seinem Nigeriaurlaub an Malaria, die Choreografin bekam von ihrem Arzt wegen Komplikationen in der Schwangerschaft strikte Bettruhe verordnet und der weiblichen Hauptdarstellerin wurde ihre Liebe zu einem Bankräuber zum Verhängnis: Sie wurde wegen Beihilfe rechtskräftig zu sechs Monaten Haft verurteilt. Da war es einem Geschenk des Schicksals gleichgekommen, als ein befreundeter Festspielortleiter Lasker Schudrows Musical empfahl: witzig, spritzig, finanzierbar und wichtiger noch, für die Treppe in Hall geeignet. Dass es sich um ein Danaer-Geschenk handelte, trat erst ganz allmählich zutage. Allmählich, aber überdeutlich.

Nun stand Intendant Christoph Biermeier am Fenster des KBB, des Künstlerischen Betriebsbüros der Freilichtspiele, das im Clausnizer-Haus, einem der historischen Gebäude am Marktplatz untergebracht war, mit direktem Blick auf die Treppe von St. Michael. Der Intendant sah leicht gequält auf den ersten Probentag der ZEHN GEBOTE, auf die rangelnden Hauptdarsteller und die Ordner rund um die Absperrung, die natürlich dazu da waren, für Ruhe zu sorgen, aber eben unter den Passanten und nicht unter den Darstellern.

Intendant Biermeier seufzte schwer. Nur die Ruhe, das wird schon noch werden, sagte er sich. Dann warf er ein Gummibärchen ein.

Bestimmt hatte es Gott seinerzeit genauso gehalten.

Schauspieler sind keine normalen Menschen. Sie spielen nur typische Menschen.

In Gefühlsdingen beherrschen sie eine enorme Flexibilität. Sie können bei einer simplen Autoinspektion in Tränen ausbrechen. Oder bei einer blutigen Kollegenkeilerei die tiefe Gelassenheit eines buddhistischen Zen-Mönches während seiner Morgenmeditation an den Tag legen.

Bei der Szene, die sich an diesem Vormittag auf den Stufen der Großen Treppe abspielte, zeigte sich die ganze Bandbreite ihres emotionalen Könnens. Wer sich nicht kontemplativ mit seinen Textseiten Luft zufächelte, der weinte. Allerdings flossen nur Lachtränen.

Es muss leider gesagt werden, dass die Kollegen von Raimundo und Haussmann mehrheitlich mit allerlei Anfeuerungsrufen das Chaos noch weiter schürten. Die Schauspieltruppe rief lautstark "Haut euch!" und "Schlammcatchen, Schlammcatchen!"

Pawlow bellte, Kostümbildner Bleibtreu fluchte immer noch derb in seiner Muttersprache, die fünf Musiker setzten zur Titelmelodie von "Spiel mir das Lied vom Tod" an, Schudrow brüllte durch sein Megafon "Pause, hab' ich gesagt, verdammtnocheins!" und da setzten auch noch die vollen Glocken von St. Michael zum 12-Uhr-Geläut ein.

Angesichts dieser in ihrer Gesamtheit unschönen Kakofonie bekamen die kleinen Schwäbisch-Hällischen Landschweinferkel, die in einem Mini-Streichelzoo vor dem Touristik-Büro am Gesäuge ihrer Mutter gelegen hatten, die Panik und quietschten, was das Zeug hielt.

Nun trat auch der Oberbürgermeister an das Fenster seiner Amtsstube im Rathaus und betrachtete die Szenerie kopfschüttelnd. Darüber musste er sich bei Gelegenheit mit dem Intendanten unterhalten. Bei dem Lärm konnte doch kein Mensch arbeiten.

Er schüttelte nochmals den Kopf, warf aber kein Gummibärchen ein.

Um 12 Uhr 02 bereitete das Theaterfaktotum dem Spuk ein Ende.

In Lederhose und T-Shirt – seiner Allwetteruniform, auch bei den derzeit herrschenden 30 Grad Celsius im Schatten – stapfte der Mann fürs Grobe die Treppe hinunter, packte Bleibtreu an den Hosenträgern und Haussmann am güldenen Umhang und zog sie von Moses weg. Pawlow hörte auf zu bellen und schnüffelte beseelt an der Lederhose wie an einem toten Tier. Von seiner Seite aus war es Liebe auf den ersten Riecher.

"Okay, alle runter von der Treppe!", rief das Faktotum mit markiger Stimme. "Wer noch gehen kann, trägt die anderen."

Die Glocken beendeten ihr Geläut und die Ferkel saugten wieder hungrig schmatzend an Muttersau Hertha.

Friede senkte sich über den Marktplatz.

Haussmann riss sich los, stapfte die Stufen zum Sonnenschirm und dem Kollegenhaufen hinunter und klopfte sich imaginären Staub vom Umhang. Unten angekommen, breitete er in großer Geste die Arme aus. Sein Haaransatz war ein wenig weiter hinten, als er sein sollte, und sein Bauch ein wenig weiter vorn. Jetzt schmetterte er baritonal: "Schmäht mich, hasst mich, verachtet mich, aber ich kann aus meinem Herzen keine Mördergrube machen. Wenn ich getroffen werde, blute ich."

Wer jedoch blutete, war nicht er, sondern Moses alias Ron Raimundo, der sich ächzend – die Hand im Kreuz – erhob und die Treppe hinunterwankte.

Der Tenor war ein Frauentyp und erlebte solche Szenen öfters mit Männern, denen er entweder tatsächlich Hörner aufgesetzt hatte oder die das nur glaubten. Meistens hatten die Männer allerdings recht. Doch selbst dann, wenn dem nicht so war: Raimundo war ein zutiefst friedfertiger Mann und schlug nie zurück. Nicht einmal in Notwehr.

Er ließ sich auf den freien Stuhl neben Clara Pauly fallen. “Du hast nicht zufällig ein Taschentuch dabei? Gegen mein Nasenbluten?” Angesichts von Gewaltszenen bekam er grundsätzlich Nasenbluten.

“Doch, hier.” Sie reichte ihm ein zerknittertes Einmalzellstofftuch.

“Danke dir.” Zart strich er mit seiner Linken über ihren Unterarm.

Und in diesem Augenblick sah Clara Pauly zum ersten Mal tief in seine veilchenblauen Augen.

Ein Fehler!

“Mein Gott, wegen dem bisschen Blut musst du jetzt doch nicht aussetzen?”

Lasker Schudrow baute sich vor dem Tenor auf, der den Kopf in den Nacken gelegt hatte.

“Wie soll ich denn singen, wenn mir das Blut hektoliterweise in den Mundraum rinnt?”

Schudrow schürzte die Lippen. Für ihn waren die Schauspieler keine Partner, mit denen man etwas Wichtiges der menschlichen Natur oder des menschlichen Zusammenlebens exemplarisch aufzeigen konnte, sondern nichts weiter als seine Instrumente, Knetmasse, mit der er etwas gestaltete. Knetmasse war im Gegensatz zu Menschen aus Fleisch und Blut allzeit bereit – er nahm sich fest vor, zur Schonung seines Nervenkostüms als Nächstes von der Theaterbühne zum animierten Knetfilm zu wechseln.

Schudrow seufzte auf. “Dann proben wir jetzt eben die Szene mit deinem Double. Jean? Wo ist Jean?” Er setzte das Megafon an die Lippen. “Jean, verdammter Franzose, bei Fuß!”

Jean Belmont – ein Bilderbuch-Macho mit schwarzer Lockenmähne, borstigen Drei-Tage-Stoppeln am Kinn und einer krausen Matte im offenen Kragen seines Karohemdes – saß, weil er zu dieser Uhrzeit im Probenplan gar nicht vorgesehen war, wasserpfeifenrauchend mit der neuesten Ausgabe des Playboy an einem der dunkelbraunen Holztische vor der Fontäne des Anlagencafés, also circa zwei Kilometer Luftlinie entfernt und somit außerhalb der Schudrow'schen Megafonreichweite.

Auf den Befehl “Bei Fuß” reagierte nur Pawlow, der als wohlerzogener Hund auf Schudrow zulief und Sitz machte. Natürlich erwartete er ein Leckerli, und als er keines bekam, fing er an, dem Jungregisseur seinen beachtlichen Bernhardinerschädel auffordernd in den Schritt zu rammen. “Schafft den Köter fort und holt mir diesen gottverdammten Franzmann!”, gellte Schudrow durch das Megafon, dass die Mauern der Häuser bebten und die Ferkel wieder zu einer panischen Quietschsinfonie anhuben.

“Jean, Jean, Jean”, skandierte fröhlich die Schauspielertruppe.

“Wer von euch Saubeuteln hat sich meine Repetierringkabelendhülsenpresszange gekrallt?”, brüllte das Faktotum.

“Wuff!”, bellte Pawlow.

“Oink!”, grunzte Muttersau Hertha.

Der Oberbürgermeister griff zum Telefonhörer und wählte die Nummer des Intendanten.

Und wieder musste ein Gummibärchen dran glauben ...

Clara Pauly bekam von all dem nichts mit.

Sie tupfte mit ihren Tempo-Taschentüchern das Blut von der rasierten Brust des Tenors, wobei er ihr dankbar die Hand tätschelte und “Du bist ein Schatz” murmelte.

Clara wähnte sich im Glück.

Großer Irrtum!

Was keiner der Beteiligten wusste: das war noch die gute Zeit. Die Zeit vor den Morden ...

2. Akt
Die zehn Gebote – Das Musical

Sanft flatterte der Nil im Wind, während sich die Dämmerung über das Land senkte.

In diesem speziellen Fall war der Nil eine gewaltige, leuchtend blaue Stoffplane, die sich von oben nach unten über die Treppen von St. Michael zog. Jemand rief "Fiat lux" und im Licht eines Scheinwerfers aus dem oberen Stock des gegenüberliegenden Rathauses verwandelte sich die Plane in Sekundenschnelle in kräftiges Blutrot.

Ein furioser Special Effect.

Lasker Schudrow, der in seiner Regiemethode nicht an Lob glaubte, sagte nur: "Tja, schaut ganz gut aus. Und jetzt will ich den Busch brennen sehen."

Da noch keine Aufführungen liefen, konnte man auch abends proben. Und sei es nur die Spezialeffekte.

Über dem Marktplatz der hohenlohischen Stadt wehte gewissermaßen der heiße Odem Ägyptens. Die Kirche flankierten nicht nur die üblichen Linden, sondern auch zwei Plastikpalmen. (Kokospalmen aus der Südsee, die in dieser Art in Ägypten noch nie vorgekommen waren, aber wir wollen ja jetzt nicht pingelig sein.) An den Balustraden neben der Treppe hingen gigantische Plakate der ägyptischen Götter Anubis und Horus und zu Füßen der Balustrade standen links ein überlebensgroßer Sarkophag und rechts ein zwei Meter fünfzig hoher Obelisk mit Hieroglyphen (aus Pappmaché). Und als nun auch noch, auf ein Zeichen des Regisseurs, die gesamte Marktplatzbeleuchtung ausging und nur noch oben im Eingang zur Kirche ein gleißend helles und flackerndes Licht anging, da lief ein Raunen durch die Anwesenden. Es war jedoch nur eine kleine Handvoll Anwesender, denn aus dem viel zu heißen Maivormittag war ein verregneter, überraschend kalter Maiabend geworden. Eigentlich standen nur die für diese Probe eingeteilten Schauspieler herum, das heißt, sie drängten sich eng an eng unter dem Sonnenschirm, der nun als Regenschutz fungierte. Obwohl der Platz rechts neben Tenor Ron Raimundo hart umkämpft war, ging Statistin Clara Pauly aus diesem Kampf als Siegerin hervor. Was daran liegen mochte, dass sie keine Schauspielerin mit Hoffnungen auf eine Fernsehrolle war und sich darum nicht auf Kleidergröße 32 heruntergehungert hatte. Nun stand sie neben dem Ziel ihrer Wünsche, atmete seinen würzigen Männerduft ein und beobachtete ihn betont desinteressiert aus den Augenwinkeln. Es gab aber nichts zu beobachten: So sehr er in seiner Freizeit den Frauen und dem schönen Leben zugetan war, so konzentriert war er während der Arbeit. Clara Pauly seufzte.

Pawlow, der zwischen den Beinen der Truppe lag, seufzte auch. Es war schon seit Ewigkeiten dunkel: Wann gab es endlich Happi?

"Also gut", rief Lasker Schudrow. Auf Insistieren des Intendanten verzichtete er nach 20 Uhr auf sein Megafon. "Also gut, wir haben den brennenden Busch und die Verwandlung der Gewässer in Blut. Jetzt will ich Frösche, Mücken und Stechfliegen."

Wie unschwer zu erkennen ist, handelte es sich um den Durchlauf für die zehn Plagen, mit denen Gott Ägypten strafte, weil es sein Volk nicht ziehen lassen wollte. Vom Band und über Lautsprecher lebensecht verstärkt hörte man das Quaken von Fröschen und gleich darauf das unschöne Summen blutgieriger Insekten.

Schudrow nickte zufrieden. "Viehpest!", befahl er und das Schwein marschierte auf.

Ursprünglich hätte ein Statist im Schweinekostüm auftreten sollen, aber durch die kurzfristige Verlegung des Stückes von der Groß- in die Kleinstadt war Lasker Schudrow auf die Idee gekommen, dem falschen Schwein ein echtes Schwein hinzuzugesellen.

Das Schwäbisch-Hällische Schwein gilt als die älteste deutsche Zuchtrasse. Circa 1820 importierte man "Chinesenschweine" aus England zur Einkreuzung in die domestizierten Wildschweine. Heraus kam ein kurz gestrecktes, nicht dickliches Schwein mit deutlicher Farbzeichnung, schwarzem Po (genannt "Sattel") und knuffigen Schlappohren.

Aus Richtung der Buchhandlung Klosterbuckel kommend, trabte ein Prachtexemplar dieser Rasse dem falschen Schwein hinterher, das es mit Apfelschnitzen lockte. Das Schwein hieß Hertha und war die Muttersau, die sich tagsüber als Touristenattraktion vor dem Brunnen am Marktplatz zur Schau stellte. Ihre fünfzehn Ferkel folgten ihr wohlig oinkend. In dem Schweinekostüm steckte nun nicht mehr Benno Bleibtreu, sondern Carina Poppinga, die zum Tierschutzverein Schwäbisch Hall gehörte. Man hatte lange mit Lasker Schudrow verhandelt, inwieweit man den Tieren diesen Auftritt zumuten konnte, und sich schließlich darauf geeinigt, dass ständig ein Vertreter des Tierschutzvereins zugegen sein musste, um die artgerechte Betreuung der Tiere zu gewährleisten. Nach ihrem Auftritt kamen Hertha und ihre Kleinen in ihr Nachtquartier, einen provisorischen Stall auf dem Parkplatz des Ordnungsamtes, um lange Transportwege zu vermeiden und in heimeliger Atmosphäre den Stress für die Tiere möglichst gering zu halten. Das Schwäbisch-Hällische Schwein war aber ohnehin nicht sehr stressanfällig und gerade Hertha war für die Bühne geboren. Sie genoss ihre Auftritte, blieb in der Mitte der Treppe immer unaufgefordert stehen, sah zu den Menschen hinüber und gab tiefe, dunkle Grunzlaute von sich. Dann erst trabte sie weiter. Hertha war im wahrsten Sinne des Wortes eine Rampensau.

Sobald die Schweine in Höhe Büschlerkeller aus dem Blickfeld verschwunden waren, erklangen vom Band jämmerliche Tierlaute (die der Tontechniker nach eigener Aussage auf einem Schlachthof aufgenommen hatte, die aber in Wirklichkeit von dem verfressenen Perserkater seiner Freundin Petra stammten, der mit diesem markerschütternden Winseln zu verlangen pflegte, dass man eine Gourmetkatzenfutterdose für ihn öffnete, und zwar pronto).

"Weiter!", brüllte Schudrow. "Die Blattern!"

Am Kopf der Treppe wankte Jean Belfort, der Stuntman, heran. Er trug nur einen Lendenschurz. Sein Körper war über und über mit eitrigen Pusteln bedeckt, die von der Maskenbildnerin in liebevoller Handarbeit aufgeklebt worden waren. In bester schmierenkomödiantischer Manier torkelte Jean auf der obersten Stufe, ruderte mit den Armen, hielt eine Sekunde mit aufgerissenen Augen inne und fiel dann purzelnd die Treppe hinunter. Alle 54 Stufen. Plong-plong-plong. Die Zeit schien sich zu verlangsamen. Das Einzige, was noch von Realtime-Geschwindigkeit zeugte, waren die aufgeklebten Eiterbeulen, die sich von Jeans rotierendem Körper lösten und in hohem Bogen in alle Richtungen flogen. Unten angekommen blieb Jean wie tot liegen. Alle hielten den Atem an. Dann drehte Jean Belmont den Kopf zum Regisseur und fragte: "Wie war isch?"

Sein Brustkorb hob und senkte sich schwer.

"Äh ... schon ganz gut", meinte Schudrow und ging auf den am Boden liegenden Stuntman zu. "Jetzt will ich das Ganze noch mal sehen. Du bist mir zu weich gefallen. Der Sturz war mir irgendwie nicht lebensecht genug."

"Quoi?", rief Jean, der nach einem Massenschießerei-Stunt mit echten Kalaschnikows auf dem rechten Ohr taub war.

Schudrow richtete das Megafon direkt auf den vor ihm liegenden Franzosen. "Du bist zu weich gefallen! Fall gefälligst härter! Das kommt irgendwie nicht lebensecht."

Jean guckte vorwurfsvoll. “Isch ‘abe schon Jackie Chan gedoubelt. Und er fand misch lebensecht!”

“Für einen Hongkong-Haudrauf-Schinken mag das ja auch reichen, aber wir machen hier echtes Theater.” Schudrow stieß ihm mit dem Fuß in die Hüfte. “Also hopp. Hurtig, hurtig, Monsieur.”

Schudrow drehte sich um und lief zu seinem Regiestuhl. Er sah folglich nicht mehr, mit welch mörderischem Blick Jean Belmont seinen Rücken bedachte.

Der Abend zog sich.

Als Hagel gab es Papierkügelchen, aus einer Zirkuskanone ins Publikum geschossen. Sämtliche Haller Schulen hatten sich bereit erklärt, die Massen an kleinen Kügelchen in drei Sonderstunden Kunsterziehung von ihren Schülerinnen und Schülern formen zu lassen.

Die Heuschrecken flackerten in irrsinnigem Tempo per Beamer über die Fassaden der Häuser rund um den Marktplatz. Und die Finsternis war einfach finster. Nur im Büro der Kulturbeauftragten, die aufgrund hohen Arbeitsaufkommens eine Spätschicht einlegen musste, brannte noch Licht, was Schudrow dazu brachte, sich wie Rumpelstilzchen im Kreis zu drehen und mit den Füßen zu stampfen.

“Bei den Aufführungen wird so was nicht vorkommen, das ist bereits abgesprochen”, beruhigte ihn Liese von Bühlow. Aber Schudrow hatte eine Eigendynamik entwickelt und kreiselte einfach weiter.

“Schade, dass er sich nicht auf Nimmerwiedersehen in den Boden bohrt”, lästerte Franz Finck, der den Josua spielte.

Als Schudrow sich endlich erschöpft und voll im Drehschwindel auf seinen Regiestuhl fallen ließ, schlugen die Glocken 22 Uhr. “Die Tötung der Erstgeburt machen wir morgen”, lallte er noch, aber da waberte auch schon grüner Dampf über die Brüstung der Treppe und zu unheimlicher, atonaler Musik von den fünf Musikern ertönte Babyglucksen vom Band, das abrupt endete.

Gänsehautfeeling!

Clara rückte zitternd näher an den Tenor. Der legte seinen rechten Arm wärmend um ihre Schultern. Beinahe hätte sie geschnurrt. Clara, die noch nie zuvor einen Tenor kennengelernt hatte, nahm diese Geste nämlich persönlich.

Dabei entging ihr, dass sein linker Arm bereits im Kreuz von Elisabeth von Wellenfels lag, einer Jungschauspielerin, die auch Tanz gelernt hatte.

Die Arme von Ron Raimundo besaßen einen Östrogen-Radar, und wenn sie eine Frau erschnupperten, bewegten sie sich unweigerlich auf sie zu. Das erforderte gar keinen Befehl des Tenorgehirns mehr, sondern geschah automatisch. Eine Eigenschaft, die vielen Tenorarmen zu eigen ist. Tenorarme sollten – ebenso wie Zigarettenschachteln – eigentlich immer mit Warnhinweisen ausgestattet werden ...

“Ich will noch ein Wörtchen mit den Statisten wechseln!”, rief Schudrow, als er gegen 22 Uhr 20 die Schauspieler in den Feierabend entließ.

“Leute, ihr wart so was von Scheiße!”, hielt er dem kleinen Haufen vor, der sich um ihn scharte. “Ich weiß, ihr seid nur Amateure, aber das ist keine Entschuldigung!”

Schudrow demonstrierte gern Übermacht in deutlichen Worten. Da war er ganz Hitchcock. Nur dass vor ihm keine Kim Novak, keine Tipi Hedren und keine Grace Kelly standen, sondern eine dralle Brünette mit geistesabwesendem Blick, ein vierschrötiger Kahlkopf und eine Handvoll Menschen, von denen er hätte schwören können, sie im Leben noch nicht gesehen zu haben. Oder es war ein versprengter Haufen Touristen, die nach der Nachtwächterführung bei ihm gelandet waren. Es war Schudrow egal, er polterte weiter. “Versteht mich nicht falsch, Leute. Ich glaube an euer Potenzial. Ich muss euch nur brechen, damit wir anfangen können, richtige Schauspieler aus euch zu machen!”

Clara hörte gar nicht hin. Drüben marschierte Ron Raimundo in den Goldenen Adler. Hatte er seinen Arm in das Kreuz dieser Tanzmaus gelegt? Verdammt, es war im Dämmerlicht nicht richtig zu erkennen.

Die anderen Statisten lauschten ihrem Regisseur. Einige waren betroffen, andere schmollten, einer blickte ausdruckslos.

Er war ein Riese von Kerl, mit kahl rasiertem Schädel, auf dem ein Grinsegesicht tätowiert war. “Nennt mich Smiley”, hatte er gleich zu Anfang gesagt. Er lächelte allerdings – entgegen seinem Spitznamen – nicht sehr oft.

Smiley und Clara waren die einzigen Nicht-Haller in der Statistentruppe. Möglicherweise hatte sich deshalb eine Art Kumpelfreundschaft zwischen ihnen entwickelt.

Schudrow fand kein Ende. “Ihr dürft nicht wie ein Holzscheit dastehen, das darauf wartet, in den Kamin geworfen zu werden. Und wenn doch, dann wie ein Holzscheit, das sein Schicksal kommen sieht. Ich will echte Gefühle sehen. Ich will Schmerz, ich will Leidenschaft, ich will alles!” Schudrow schraubte sein Vokalorgan in die Höhe.

Liese von Bühlow guckte verlegen. “Äh ... was der Lasker meint, ist, dass ihr ... äh ... dings ... ruhig in eurem Spiel übertreiben dürft.”

"Der Lasker sagt euch schon, was der Lasker meint. Vielen Dank auch", bellte Schudrow.

Liese kam zu dem Schluss, dass er ungeheuer unter Druck stehen musste, wenn er sich im Ton so dermaßen vergriff.

Alle anderen fanden, dass der Lasker ein Arsch war.

Über Smileys Pitbullgesicht huschte ein Lächeln. Es war diabolisch und verhieß nicht Gutes, aber im Dunkeln bemerkte es keiner.

Wie immer saßen die Schauspieler hinterher noch auf ein Bier im Goldenen Adler zusammen.

Dieses Mal erwies sich Elisabeth von Wellenfels, die 23-jährige grazile Tanzmaus, als äußerst wendig und ergatterte den Platz rechts neben Ron Raimundo. Marie Müllerschön, ebenfalls 23, aber völlig talentfrei – außer auf der Besetzungscouch –, sicherte sich den Stuhl links neben dem Tenor. Clara kam wegen der Schudrow'schen Statistenschelte zu spät, und als sie sich gegenüber von Ron niederlassen wollte, wurde sie unsanft von Mirabelle Gessner zur Seite gestoßen, die vehement ihr droit de seigneuse ausübte.

Clara schnaubte und baute sich mit ihrem 'Zepezauers Zaubertrunk', einer leckeren Mischung aus Sekt und Erdbeersirup, hinter dem Objekt ihrer Begierde auf. Sie und Raimundo, das war Fakt. Er brauchte eine ordnende Hand in seinem Streunerleben und diese Hand befand sich am unteren Ende von Claras Arm. Daran konnte es überhaupt keinen Zweifel geben.Der Goldene Adler – oder einfach nur Adler unter Eingeweihten – war einer der beliebtesten Treffpunkte für alle Beteiligten am Freilichttheater. Und in Dankbarkeit waren einige der Gerichte und Getränke auch nach den festen Größen des eigentlichen Teams benannt. So gab es 'Biermeiers geliebte Suppenküche' mit Flädle- oder Maultaschensuppe zur Auswahl, und hinter 'Buschings bunter Glitzerwelt' verbarg sich ein Salatteller, benannt nach der offiziellen Kostümbildnerin. 'Zepezauers Zaubertrunk' war ein erfrischender Cocktail zu Ehren von Udo Zepezauer, der schon seit mehreren Spielzeiten so begnadet den Tod im Jedermann und den Harry Frommermann in den Comedian Harmonists gab. Ron Raimundo bestellte konsequent jeden Abend Kässpätzle, auch wenn er gar nicht hungrig war, weil er insgeheim hoffte, dass man dieses Gericht noch während seines Aufenthalts in Schwäbisch Hall in 'Rons Leibspeise' oder 'Raimundospatzen' umtaufen würde.

Josua, Aaron und der Pharao zogen sich mangels weiterer Sitzgelegenheiten in den angrenzenden Saal zurück. Murrend, aber alternativlos.

“Dieser Schudrow ist so was von unorganisiert”, fluchte Marie. “Lässt uns während eines technischen Durchlaufs zwei Stunden im Regen stehen.”

“Sehr unprofessionell”, bestätigte Ron nickend. “Ich muss da natürlich an meine Stimme denken.”

“Wirklich unfair von Schudrow, dich so behandeln”, warf Clara ein und streifte mit ihrer freien Hand über seinen Nacken. Er zuckte nicht zurück. Clara wertete das als Zeichen.

Alle Schauspieler wandten sich ihr abrupt zu und bedachten sie mit missbilligendem Stirnrunzeln. Sie war Statistin und mithin eine Außenstehende. Wenn überhaupt, durfte nur meckern, wer auch wirklich dazugehörte.

Clara schmollte.

Nur Ron Raimundo lächelte ihr aufmunternd zu.

Noch ein Zeichen!

Clara schmolz dahin.

Die Zeichen wurden allerdings revidiert, als Clara zu vorgerückter Stunde auf die Damentoilette in den Keller entschwinden musste. Bei ihrer Rückkehr – die sich zugegebenermaßen etwas hinzog, weil sie ihr Augen-Makeup erneuern wollte, dabei übers Ziel hinausschoss und sich blaue Mascara-Schlieren mit Toilettenpapier und Spucke wegreiben musste – war der Tisch in der vorderen Wirtsstube verwaist.

“Wo sind denn alle hin?”, erkundigte sie sich entsetzt bei der Kellnerin im schmucken roten Dirndl.

“Die haben gezahlt und sind gegangen. Aber ihre anderen Kollegen sitzen noch nebenan.”

Clara schluckte schwer. Wer interessierte sich schon für den durchgeknallten Psycho Haussmann und seinen langweiligen Spezi Erhard Frühwirt, der den Aaron gab? Oder für Jean, der den Wundschmerz mit einem Haller Löwenbräu-Pils nach dem anderen betäubte, nachdem ihn Schudrow den spektakulären Treppensturz satte zehn Mal hatte wiederholen lassen und ihn anschließend als Stunt-Doublette diffamiert hatte.

Clara schnappte sich ihr Regencape und rannte die Glastür hinaus in das aufziehende Gewitter. Womöglich holte sie Ron Raimundo auf dem Weg zu seinem Hotel noch ein. Es waren ja nur ein paar Schritte.

Und tatsächlich, sie sah ihn just in dem Moment, als er den Nachteingang zum Hotel Adelshof entriegelte.

Gleich darauf drehte Ron Raimundo sich um, nahm die grazile Tanzmaus neben sich in den Arm, küsste sie, stülpte seine Lippen saugnapfartig auf die ihren, als sei sie eine Ertrunkene, die er durch intensive Mund-zu-Mund-Beatmung wiederbeleben wollte, und führte sie dann an der Hand ins Innere des Hotels.

Ja wie?

Clara konnte es nicht glauben.

Sollte sie die Zeichen tatsächlich missdeutet haben? War sie im spätpubertären oder frühwechseljahrigen Hormonrausch womöglich einer gründlichen Fehleinschätzung erlegen?

Und was war mit der SMS? Dem 'Danke dir sehr, mein Schatz. Kuss, Ron'? Er hatte ihr diese Worte – quasi noch nasenblutend – zum Dank für ihre Florence-Nightingale-Taschentuchhilfe in sein Handy getippt. Wenn ein Mann siech darniederlag und sich trotzdem bedankte, dann hatte das doch etwas zu bedeuten!

Krokodilstränen wallten in Claras Augen auf.

Aber so schnell begräbt man einen Traum nicht. Schon gar nicht den Traum vom Glück.

Natürlich hatte er ihr Hoffnungen gemacht, mit kleinen Gesten, mit Blicken, mit tausend Kleinigkeiten! Er hatte sie durchaus spüren lassen, dass er sich für sie interessierte.

Wieso schleppte er dann diese unsägliche Elisabeth von Wellenfels ab, die sich Lissy nennen ließ und deren "von" gar nicht echt, sondern ein Bühnenpseudonym war? Ob sie vielleicht doch nur probeweise den Text für die nächste Szene miteinander durchgehen wollten?

Clara sah, wie im ersten Stock ganz rechts ein Licht anging und gleich darauf wieder verlosch.

Leider Gottes war sie mit einer lebhaften Fantasie gesegnet und konnte sich sehr gut vorstellen, welche Szene im Zimmer des Tenors gerade geprobt wurde. Eine horizontale!

Und da keimte er in ihr.

Der Gedanke an Rache.

Über Clara blitzte es auf. Wie sie so inmitten zuckender Blitze dastand, während ihr Traummann mit einer anderen Frau Hand in Hand in den Sonnenuntergang schlenderte, bildlich gesprochen, erinnerte Clara stark an alte Horrorfilme, in denen ein verrückter Wissenschaftler versucht, der Gewalt der Elemente Energie zu entziehen.

Keine Macht auf Erden und in der Hölle kann es mit einer Frau aufnehmen, die sich hintergangen fühlt.

Es zogen finstere Wolken über Schwäbisch Hall auf – und damit war nicht die Gewitterfront gemeint.

Dies war auch die Nacht, in der zum ersten Mal die Mumie durch die Gassen der Altstadt huschte.

Fahl leuchteten ihre weißen Stoffstreifen im Licht der Straßenbeleuchtung. Lautlos bewegte sie sich vorwärts. Auch als sie auf dem Sparkassenplatz über den Eurobrunnen stolperte, gab sie keinen Laut von sich. Mucksmäuschenstill rappelte sie sich wieder hoch und eilte weiter.

Die gruselige Geräuschlosigkeit der Totenwelt!

Die guten Bürgerinnen und Bürger der Stadt schliefen bereits, so blieb die Mumie unentdeckt.

Nicht einmal Schwäbisch Halls ureigenstes Spukgespenst, der *Hoolgaascht,* merkte, dass es Konkurrenz bekommen hatte ...

3. Akt
Wer reitet so spät durch Nacht und Wind?
Der Tenor ...

Ron Raimundo genoss einen Quickie im CaM.

Hinter dem CaM verbarg sich das Café am Markt und der Quickie war ausnahmsweise ohne Frau, dafür à la carte: ein warmes Croissant mit Butter und eine Tasse Kaffee. Wer immer sich diesen Namen ausgedacht hatte, besaß eindeutig Rons Sinn für Humor.

Es war ein Samstagmorgen und Ron Raimundo genoss das bunte Markttreiben. Das goldene Sonnenlicht fing sich in den Prachtbauten rund um den Marktplatz und in den gestreiften Sonnenschirmen der Buden. Dazu das Plaudern der Marktbesucher und -beschicker, das wohlige Grunzen von Hertha und ihren Ferkeln und sehnsüchtige russische Weisen von einer Balalaika-Gruppe. Idylle pur!

Ron Raimundo frühstückte jeden Tag einen Quickie, ein Hort der Kontinuität in seinem sich ständig verändernden Leben. Heute hier, morgen dort – schon als Kind hatte er kein festes Zuhause gekannt. Sein Vater war als Manager in einem Weltkonzern alle paar Jahre in eine andere Großstadt versetzt worden. Anfangs hatte er seine Eltern immer begleitet, später kam er ins Internat. Und nun war er selbst ständig auf Tour. Halt gab ihm die Arbeit, in die er sich mit ganzer Kraft hineinwarf. Zum Ausgleich lebte er den Genuss: Alkohol, Frauen, gutes Essen, teure Zigarren – da war er ganz Hedonist. Und obwohl seine blonden Locken allmählich etwas schütterer wurden und er den Gürtel seit geraumer Weile zwei Löcher weiter schnallen musste, war er beim zarten Geschlecht ungebrochen beliebt. Dabei hatte er sich um die Gunst der Frauen nie aktiv bemüht, es fiel ihm einfach so zu. Wahrscheinlich die Gene. Oder irgendeine Körperchemie. Jedenfalls wäre er ja dumm, wenn er sich dem widersetzen würde. Fand er. Und reichte einer belgischen Touristin am Nebentisch, die sich hilflos umblickte, den Zuckerstreuer. Dass er dabei ganz zart ihre Hand streifte, war ihm tatsächlich nicht bewusst. Ihr dafür umso mehr.

An diesem Vormittag kam er ein weiteres Mal in den Genuss eines Quickie.

Die Zuckerstreuerepisode beobachtete Clara Pauly geduckt hinter der Speisekarte des Cafés. Außerdem trug sie eine riesige, dunkle Sonnenbrille und hatte sich ein buntes Hermès-Kopftuch um die dunklen Locken geschlungen. Kein Mensch würde sie auf ihrer Undercovermission erkennen.

Kein Mensch, außer Jutta Parpart vom Freilichtspielbüro. "Hallo Frau Pauly, gut, dass ich Sie hier sehe. Herr Schudrow hat den Probenplan geändert. Sie sind jetzt doch schon heute Nachmittag dran." Man merkte ihrer Stimme nicht an, wie viel Mehrarbeit sie durch diese Spontanentscheidung Schudrows zu bewältigen hatte. Sie musste alle Betroffenen antelefonieren beziehungsweise persönlich aufspüren, wenn diese ihr Handy ausgeschaltet hatten, so wie Clara.

Clara nahm die Brille ab. "Kein Problem. Welche Szene proben wir denn?"

"Den Tanz um das Goldene Kalb."

Clara lächelte.

Perfekt!

Wenn man zum ersten Mal am Kopf der ausladenden Freitreppe von St. Michael steht und die 54 Stufen nach unten schaut, überkommt den Normalmenschen ein Gefühl der Ehrfurcht vor den Baukünsten der Altvorderen. Hingebreitet und imposant wie eine steinerne Diva, heißt es im einschlägigen Faltblatt, und – ganz in der Tradition der schwäbischen Kehrwoche – dass es laut der Ehefrau des Mesners einen ganzen Vormittag dauere, die gesamte Treppe zu fegen. Und wenn es feucht sei, müsse man aufpassen, dass man beim Fegen nicht ausrutsche.

An diesem frühen Nachmittag war es feucht. Und so herrlich die großflächig auf den Sandsteinstufen sprießenden *Lecanora-muralis*-Krustenflechten bei Nässe auch aussahen, einzelne Schauspieler beschlich doch ein mulmiges Gefühl, ausgerechnet an einem solch rutschgefährlichen Tag die große Tanzszene zu proben. Sogar Choreograf Igor Dugaschwili, der in seiner Jugend lange Zeit als "kasachischer Nijinsky" gefeiert worden war, zupfte nachdenklich an den Enden seines gepflegten Menjou-Bärtchens. "Wir gehen nur im Trockendurchlauf die Schrittfolgen durch", sagte er zu Schudrow mit einer Stimme, die keinen Widerspruch duldete.

Clara stand daneben und ärgerte sich.

"Mein Gott, Igor", murrte Schudrow, "das sind doch alles Profis. Die packen das schon. Muss ich denn hier ständig den Machtwortsprecher raushängen lassen?"

Clara hörte es und lächelte.

In der Interpretation Lasker Schudrows tanzten um das Goldene Kalb nicht nur die Israeliten. Der Tanz war ihm Symbol für die korrupte Verderbtheit und nimmersatte Geldgier der gesamten Menschheit, folglich schlüpften die Tänzerinnen und Tänzer unter anderem in die Rollen von Dschingis Khan (dargestellt von Smiley), Al Capone und Schiedsrichter Robert Hoyzer.

"Die kommen in der Bibel aber alle nicht vor", hatte Menno Jensen, der Autor des Stückes, angesichts dieser Skriptänderung sich zu monieren erdreistet.

"Wer bin ich? Der Lordsiegelbewahrer der Wortwörtlichkeit? ", hatte Schudrow erwidert und den Autor von der Liste der Premierengäste streichen lassen.

Andererseits gelüstete es Schudrow auch nach Echtheit. Aber der Intendant hatte ihm verboten, ein echtes Bœuf de Hohenlohe auf der Treppe anzupflocken, stattdessen hatte Bühnenbildner Mario Bottini eine riesige Euro-Kuh aus Pappmaché geschaffen.

"Auf die Positionen", rief Igor und klatschte in die Hände.

Alle suchten ihre Markierungen, die Igor provisorisch auf die entsprechenden Stufen geklebt hatte.

Die Kostüme waren noch nicht fertig, darum sah Clara aus wie Clara, obwohl sie später Krösus sein würde.

"Summe innerlich *Cherry, Cherry Lady,* wenn du über die Treppe tänzelst", hatte Igor ihr als einzige choreografische Anweisung mit auf den Weg gegeben. Sie sollte schließlich unbeholfen und unmusikalisch wirken. Und hatte sich ohnehin die meiste Zeit hinter dem Kalb zu ducken, um erst im zweiten Teil des Anbetungssongs wie ein Schachtelteufel hervorzuspringen.

"Musik!", brüllte Schudrow durch sein Megafon und erwartete, den Ohrwurm *Mehr Geld, mehr Gold, mehr Glitzerkram* zu hören, der wie all die anderen fetzigen Songs extra für das Musical komponiert worden war. Aber es blieb stumm.

"Äh ... die Musiker sind nicht da", flüsterte ihm Liese von Bühlow von hinten links ins Ohr. "Die sind doch heute im ... dings ... im Studio, um die CD zum Musical aufzunehmen."

Schudrow verzichtete dieses Mal auf cholerische Kreiselbewegungen; ihm war noch von gestern schwindelig. "Und wie, bitteschön, sollen wir dann jetzt den Tanz proben?" Das hätte er sich natürlich überlegen können, bevor er den Probenplan änderte.

Am Ende musste Liese von Bühlow, die als Tochter aus gutem Hause Geigenunterricht erhalten hatte, mit einer Leihvioline aus der Musikschule in der Gelbinger Gasse die Noten des Songs vom Blatt spielen.

Leider muss gesagt werden, dass sie den Höhepunkt ihrer musikalischen Schaffenskraft weit überschritten und gut daran getan hatte, nicht die Musik als Berufszweig zu wählen.

'Nullnummer!', dachte folglich auch Tobias Klinghammer, der "Hammer Gottes", wie er in der Theaterwelt gern genannt wurde. Klinghammer war Kritiker. Und mit Abstand der meistgehasste Mann der Republik. Noch weit vor Hartz und dem Kannibalen von Rotenburg.

Der Kritiker war eine Erfindung des Bürgertums, dazu gedacht, dem interessierten Publikum Kunst – sei es Theater, Literatur oder Malerei – nahezubringen und mit seiner Kritik ein – hoffentlich kluges und facettenreiches – Gespräch über das jeweilige Werk in Gang zu setzen. Ein guter Theaterkritiker sollte im besten Falle neugierig sein und bleiben, bereit, sich immer wieder von Regisseuren und Schauspielern überraschen zu lassen.

Tobias Klinghammer definierte seinen Job völlig anders. Für ihn gab es in der Kunst definitiv ein 'Falsch gemacht', und es existierte nur eine Instanz, die darüber urteilen konnte, was richtig und was falsch war: er selbst.

Klinghammer war immer gern bereit, seinen Daumen auf eine wunde Stelle zu legen. Und wenn es keine wunde Stelle gab, schuf er sie. Besonders verliebt war er in seine spitzzüngigen Formulierungen. Er hatte schon gute Stücke verrissen, weil ihm kein spritziges Bonmot des Lobes, sondern nur ein teuflisch böser Verrisssatz eingefallen war. Mein Gott, Theaterleute mussten Stehaufmännchen sein: Wen ein Verriss am Boden zerstörte, der war nicht fürs Theater geschaffen. Man durfte ihm, Klinghammer, dankbar sein, dass er die Spreu vom Weizen trennte. Nur die Stärksten überlebten seine Feder. Die Evolution nach Klinghammer.

Er plante eine neue Reihe für sein Feuilleton: Sommertheater. Mit den Zehn Geboten sollte es losgehen. Kritisch würde er den gesamten Entstehungsprozess begleiten, von den Proben bis zur Premiere.

Und, mein Gott, er hatte einiges an vernichtenden Urteilen in sein kleines, schwarzes Notizbuch zu kritzeln. Klinghammer lächelte in sich hinein. Je spektakulär schlechter, desto besser. Er war im Gespräch für eine eigene Kritikersendung im dritten Programm. Mit einem echten Minus-Knaller, saftig und gnadenlos kommentiert, würde er womöglich noch diesen Sommer auf den Bildschirm kommen.

"Nicht nach links, Lissy, du wirbelst nach rechts ab. Ron tanzt nach links an der Kuh vorbei in die Arme von Arafat. Noch mal von vorn."

Lasker Schudrow wollte versinnbildlichen, dass jeder Mensch potenziell dafür anfällig war, dem Mammon zu huldigen, darum tanzten neben den verirrten Kindern Israels auch Moses, ein Friedensnobelpreisträger, eine Charity-Lady und der Dalai Lama um das Kalb.

Lissy stemmte die Arme in die Hüften, schüttelte ihre Mähne und konzentrierte sich.

"Kinder, alle in die Ausgangspositionen. Und los."

Liese von Bühlow setzte neuerlich den Bogen an.

Elisabeth von Wellenfels, kurz Lissy, hatte die berühmte Musicalschule in Hamburg als Jahrgangsbeste abgeschlossen. Sie konnte singen, tanzen und schauspielern. Und bei allem, was sie tat, machte sie eine extrem gute Figur. Nichts, absolut gar nichts, ärgerte sie mehr, als wenn man sie despektierlich mit "Tanzmaus" titulierte.

Nur als sie mitten im zweiten Durchlauf, der dieses Mal in Realtime geprobt wurde, weil es aufgehört hatte zu nieseln, bei ihrer rasanten Tanzeinlage hinter dem Goldenen Kalb vorbeikam und sie trotz Anweisung erneut nach links statt nach rechts wirbelte und ihr rechter Fuß dabei auf einen von ihr nicht antizipierten Schmierseifenfleck gelangte, wurde sie in hohem Bogen rücklings auf die Sandsteinstufen katapultiert und sah dabei einfach nur lächerlich aus. Haare, Beine, die Ärmel des Pullis, den sie sich um die Taille geschlungen hatte, alles flog durcheinander. Und wie in einem Comic plumpste sie nach der Landung mit dem Hintern stufenweise bis ganz nach unten auf das Marktplatzpflaster.

"Nein!", gellte Schudrow durch sein Megafon, nicht ängstlich, eher ärgerlich.

Liese von Bühlow malträtierte vor Schreck die Saiten ihrer Geige und produzierte einen besonders jämmerlichen Misston.

Bernhardiner Pawlow, der vor dem Stadtarchiv angeleint wartete, sah das als Stichwort, um in werwolfgleiches Geheul auszubrechen.

Carina Poppinga vom Tierschutzverein, die in eben diesem Moment Muttersau Hertha füttern wollte, stolperte vor Schreck nach hinten, wobei das Gatter aufglitt, was die Ferkel – als ob sie nur auf eine solche Gelegenheit gewartet hätten – ohne zu zögern zum Anlass nahmen, begeistert quietschend in die Freiheit zu flüchten.

Muttersau Hertha sah ihren Kleinen aufseufzend hinterher. Kinder ...

Ein Schwarm Tauben flog flatternd auf.

Irgendwo schrie ein Kleinkind.

"Lissy!", brüllte Igor und rannte zu der leblos am Boden Liegenden. Ihm war noch nie ein Tänzer verunglückt.

“Liese!”, brüllte Jean Belmont und kam hinter den Kulissen hervorgelaufen, weil er sich verhört hatte und glaubte, die zarte Liese von Bühlow sei verunglückt, was er unmöglich hätte ertragen können.

“Schweinchen! Schweinchen! Hierher!”, brüllten Ordner, Touristen und einheimische Passanten bei dem Versuch, die fünfzehn Ferkel einzufangen.

Eine Kakofonie sondergleichen.

Der Intendant stand am Fenster seines Büros und warf ein Gummibärchen ein.

Der Oberbürgermeister griff zum Telefon.

Clara Pauly hatte in diesem Chaos genug Zeit, den Schmierseifenfleck ungesehen wegzuwischen. Alle waren zu der verunfallten Lissy von Wellenfels geeilt, um ihr Beistand zu leisten oder einfach nur zu gaffen.

Clara ärgerte sich maßlos. Warum hatte diese blöde Kuh nicht auf die Anweisungen des Choreografen gehört? Wäre sie nach rechts statt nach links gewirbelt, hätte es – wie eigentlich geplant – Ron Raimundo erwischt. Das hätte ihm eine Lektion erteilt! Niemand bricht ungestraft ein Frauenherz! Das hätte sie als anonymen Spruch auf den Kranz geschrieben, den sie auf sein Grab zu legen hoffte.

Aber nun hatte es die Tanzmaus erwischt. Geschah ihr ganz recht. Was schnappte sie ihr auch den Mann weg!

Tanzmäuse sind jedoch zäher, als man gemeinhin denkt. Lissy von Wellenfels war keineswegs tot, sondern hatte sich nur ein paar blaue Flecke geholt und das linke Schulterblatt angeknackst.

‘Immerhin fällt sie damit für diese Saison aus’, dachte Clara noch befriedigt.

Dann merkte sie, dass sie doch etwas mitgenommen war. Sie meldete sich ab, eilte in den Supermarkt auf der anderen Kocherseite, weil sie einfach ein paar Schritte gehen musste, und kaufte eine kleine Flasche Eierlikör, die sie auf ex kippte. Es blieb jedoch ein sichtbares Restzittern. Schließlich war das ihr erster Mordversuch gewesen.

In dieser Nacht wurde die Mumie von einigen Bewohnern des Mörike-Hauses gesichtet, wie sie lautlos durch die Obere Herrngasse schlich.

Die Sichtung wurde jedoch keiner offiziellen Stelle gemeldet. Man hielt es für einen Scherz.

Böse Fehleinschätzung!

4. Akt
Pflatsch! oder: Unsanft auf das Pflaster

Am nächsten Morgen erwachte Schwäbisch Hall, als sei nichts gewesen. Doch von schnöder, vermutlich jugendlicher Hand war die goldene Kuh, die immer noch mittig auf der Treppe stand, mit Klopapierschlangen und aufgeblasenen Kondomen geschmückt worden. Ein Fotograf des HALLER TAGBLATTES, der auf dem Weg zur Redaktion zufällig über den Marktplatz kam, schoss sofort einige Fotos, von denen später eines zur wöchentlichen Kolumne *Theatergeflüster* erschien, in der unter anderem berichtet wurde, dass der Fanclub von Josua alias Franz Finck eingetroffen war.

Franz Finck akzeptierte allmählich die Möglichkeit, dass seine Welt implodierte und er sich die ganz große Karriere abschminken konnte. Verbittert dachte er daran, wie er konsequent alles getan hatte, um als ernsthafter Schauspieler akzeptiert zu werden. Er war sogar nach New York an eine sündteure private Schauspielschule gereist, um die Methode Mimischiffskijs von einer noch lebenden Mimischiffskij-Schülerin zu erlernen. *Become one with the part, Fritz,* hatte sie ihm mit ihrer Greisinnenstimme eingebläut, werde eins mit deiner Rolle. *Always, Fritz,* immer und überall. Seinen Namen konnte sie sich bis zum Schluss nicht merken.

Und saß er nicht hier auf dem von der Morgensonne geküssten Frühstücksbalkon des Hotels Kronprinz – zur Konsternation der anderen Hotelgäste – in seinem Bühnenkostüm, einer Art beigem Lendenschurz, an dem eine Kurztrompete baumelte und der seinen durchtrainierten Körper bestens zur Geltung brachte – quasi der biblische Josua, der im 21. Jahrhundert eine Schale Müsli löffelte?

Warum stand er dann nicht auf einer der großen Bühnen des deutschsprachigen Raumes, sondern musste sich in der Provinz den Podex im Freien abfrieren? Und warum hatte die süße Lissy mit diesem abgehalfterten greisen Sangesknaben Raimundo geschlafen und nicht mit ihm?

Und warum standen draußen, im Nieselregen, auf dem kleinen Platz vor dem Arbeitsamt – pardon: dem Gebäude der Agentur für Arbeit – keine bauchfreien niedlichen Girlies, die Spruchbänder mit *I Love Franz* in die Höhe hielten, sondern eine Busladung Hausfrauen mittleren Alters in Parkas mit Falschpelzkapuzen, die ihm nur einmal mütterlich über seine Fönwelle streichen wollten, wenn er gleich zur Probe ging?

Weil er immer noch der Kinderstar aus der ZDF-Erfolgsserie *Klein-Peter allein in Wuppertal* war, deswegen. Die Welt ließ ihn einfach nicht erwachsen werden! Er war dazu verdammt, ewig der einstige Kinderstar zu sein, über den die Regenbogenpresse alle Jubeljahre ein 'Was-wurde-aus-...?'-Feature brachte, in dem ihm unterstellt wurde, er würde seiner Kindheit nachtrauern. Mitnichten! Es war so unfair!

Aber er, Franz Finck, würde diese ganze Sache mit einem Paukenschlag beenden und die Welt auf den erwachsenen Künstler in ihm aufmerksam machen.

Jawoll!

"Das muss heute anders laufen!", tönte Lasker Schudrow in sein Megafon.

Unter normalen Umständen wäre Schudrow nie an die Freilichtspiele berufen worden. Seine Auffassung von Theater lief der Auffassung der Freilichtspielleitung völlig konträr, aber den Ausfall einer ganzen Produktion konnte man sich finanziell nicht erlauben und Schudrows bisherige Arbeiten würden zumindest dafür sorgen, dass die Feuilletons über seinen "Haller Ausflug" berichten und neugierige Theaterzuschauer hoffentlich in Scharen anreisen würden.

Schudrow war ein Westentaschendiktator, der in seiner Regie-Methode fest an das Abrichten von Schauspielern glaubte. Bis auf kleinste Gesten gab er jede Bewegung vor, duldete keinerlei Abweichung von seiner Vision und hatte mit seiner kaltschnäuzigen Art sogar schon gestandene alte Hasen zum Ausweinen auf offener Bühne getrieben. Bislang hatte noch niemand mehr als ein Mal mit ihm zusammenarbeiten wollen, aber Schudrow empfand das als Gütesiegel seiner Genialität. Nur das Mittelmaß war bei allen beliebt.

"Ich will heute Blut, Schweiß und Tränen sehen!", skandierte Schudrow in sein Megafon.

Neben sich machte er eine Bewegung aus. Es war der erste Tenor. Schudrow konnte sich die Namen seiner Schauspieler einfach nie merken. Wozu auch?

"Ich brauche für die Szene mit den Gesetzestafeln kein Double – ich leide nicht unter Höhenangst", erklärte Ron Raimundo. Viele trauten es dem Frauenheld gar nicht zu, aber er besaß Mumm. Und nachdem er all seinen Mut zusammengenommen hatte, insistierte er nun darauf, nicht gedoubelt zu werden. Es war ja auch weiter nichts dabei: Er musste nur mit den beiden Gesetzestafeln auf die Brüstung steigen, hoffen, dass die Windmaschine ihm weder den Bart vom Kinn noch die Grauhaarperücke vom Kopf blasen würde, und dann den Song *Erschauert, ich bringe euch Gottes Wort* singen. Ein Kinderspiel.

Lasker Schudrow drehte sich um und sah eineinhalb Kopflängen nach unten. Allein seine Körpergröße stellte ihn in eine Riege mit Leuten wie Florian Henckel von Donnersmark und wie dieser würde er eines Tages einen Oscar bekommen. Allerdings nicht, solange er mit aufmüpfigen Tenören zusammenarbeiten musste.

"Du bist zu kostbar für einen solchen Stunt", säuselte er küchenpsychologisch. Das hatte er auch drauf. Das und rohe, körperliche Gewalt. Aber der Intendant hatte ihm ausdrücklich verboten, die Schauspieler zu schlagen.

"Ich glaube, du willst dich an mir rächen, weil ich zu viel weiß", meinte Ron.

Alle Anwesenden spitzten die Ohren. Auch Pawlow, der Hund.

"Lächerlich!", fauchte Schudrow. Bezeichnenderweise aber ohne Megafon.

"Der Franz darf ja auch selbst am Turm hochklettern, wenn er die Mauern von Jericho zum Einsturz bringt."

"Franz ist in seiner Freizeit Freeclimber!", zischelte Schudrow. "Klettern ist seine Spezialität."

"Und ich weiß, was *deine* Spezialität ist." Ron Raimundo hauchte es nur, aber die Wirkung kam einem Donnerschlag gleich.

"Wenn du es wirklich versuchen möchtest, ist das natürlich kein Thema", sagte Schudrow und rang sich ein Lächeln ab.

Clara, die auf der untersten Treppenstufe stand, hörte jedes Wort und fasste spontan einen Plan.

Schudrow setzte das Megafon wieder an. "Also Kinder, noch mal den Tanz um das Goldene Kalb im Schnelldurchlauf. Mario, ist das Kalb endlich kondomfrei?" Mario nickte. "Du da, die Statistin mit den wirren Haaren, ja, du übernimmst doch für Lissy, oder? Hast du heute Nacht mit Igor geübt?" Die Statistin, die Mimi hieß, lief ebenso knallrot an wie Igor. Schudrow wertete das als Ja. Alle anderen guckten verblüfft. Ein Choreograf und eine *Frau*?

"Okay, Kinder, und los." Schudrow klatschte in die Hände und ließ sich schwer auf seinen Regiestuhl fallen.

Zum Glück waren an diesem Morgen die Musiker anwesend, sodass der Tanz zumindest hörtechnisch ein Genuss wurde. Alle taumelten wie besessen um das Goldene Kalb und sangen im Chor *Mach Muh für mich!* Die Touristen auf den Terrassen des Cafés am Markt und des Goldenen Adlers klatschten im Takt mit.

Leider hatten Mimi und Igor anscheinend alles Mögliche geübt, nur nicht die korrekte Schrittfolge, weshalb Mimi ständig Sonnenkönig Ludwig und Kaiser Nero in den Weg tanzte. Sämtliche Schauspieler waren an dieser Szene beteiligt, darum wuselte es unübersichtlich auf den Stufen und niemandem fiel auf, dass sich Krösus alias Clara mit den Hüften arrhythmisch swingend hinter die Kulissen mogelte.

Jetzt war sekundengenaues Timing gefragt!

Bei ihrem geordneten Rückzug hatte sie Moses kurz aus den Augen verloren, aber dann stand er doch vor der Brüstung, erst noch leicht gebückt hinter der Plastikpalme, außerhalb des Sichtfeldes der Zuschauer, dann hob er die beiden Gesetzestafeln und kletterte schwungvoll über das Geländer auf die Brüstung. Ron hatte nicht gelogen: Obwohl es ordentlich in die Tiefe ging, zuckte er nicht zurück, sondern hob die Tafeln, die aus einem speziell legierten Hartplastik waren und einiges wogen, hoch über seinen Kopf.

Clara sah sich um, aber es kümmerte sie nicht wirklich, ob sie gesehen wurde. Wieselflink hechtete sie hinter der Sperrholzwand hervor, die nach außen hin, mit Sandsteinmotiven bemalt, wie ein Teil der Kirche wirkte, schlang das Verlängerungskabel der Windmaschine, die bei dieser Probe doch nicht zum Einsatz kam, um die Beine des Moses und zerrte heftig.

Moses verlor daraufhin natürlich das Gleichgewicht, ließ die Gesetzestafeln fallen und stürzte in die Tiefe.

Voilà!

Die Welt war um einen Tenor ärmer.

5. Akt
Ruhm, Ehre und ein Genickbruch?

Jeder andere wäre tot gewesen.

Mausetot.

Zermantscht zwischen Kopfsteinpflastern.

Ein Einheimischer murmelte noch: "Schdaidsch'd hoach nuff, fellsch diaf noo", was in diesem speziellen Fall wohl am trefflichsten mit 'Wer in die Höhe kraxelt, muss sich nicht wundern, wenn er in die Tiefe purzelt' übersetzt werden könnte.

Aber Jean Belmont erlitt keine bleibenden Schäden.

Er war Profi und nahm selbst dann die korrekte Flughaltung ein, wenn er ungewollt und völlig überraschend in die Tiefe stürzte.

Und natürlich kam ihm bei der Landung zugute, dass unten auf dem Marktplatz, direkt unterhalb der Brüstung, ein dickes, blaues Schaumstoffpolster auslag.

La France, un point.

Ronald Reagan soll einmal gesagt haben: "Es stimmt, harte Arbeit hat noch niemanden umgebracht. Aber warum das Risiko eingehen, der Erste zu sein?"

Jean Belmont hatte diesen Spruch schon früh als Maxime seines Lebens für sich entdeckt. Sehr zum Ärger seines Vaters, eines fleißigen Elsässer Imbisswirts, der das 'Choucroute auf die Hand' erfunden hatte. Und weil Arnaud Belmont ein Choleriker war, warf er seinen faulen Sprössling hochkant aus dem Haus, kaum dass dieser das 15. Lebensjahr erreicht hatte. Jean brach die Schule ab, zog jahrelang als spektakulär schlechter Straßenmusikant durch Europa und fand schließlich heraus, dass er weder unter Höhenangst noch unter Schmerzempfindlichkeit litt und ihm Tempo und Gefahr einen Kick gaben, was nur eine mögliche Berufswahl zuließ: Stuntman.

Als Stuntman war er in etwa so gut wie als Straßenmusikant. Stimmt schon, er hatte tatsächlich einmal Jackie Chan gedoubelt: als Stand-in bei einer Lichtprobe in einem Agententhriller, der in Ex-Jugoslawien gedreht worden war. Aber nur Mr. Chans angeborene asiatische Freundlichkeit, mit der er alle an seinen Filmen Beteiligten zu behandeln pflegte, hatte den großen Hongkong-

Megastar dazu gebracht, etwas wie "very lifelike imitation" zu murmeln. Kurz darauf hatte sich Jean bei einer völlig harmlosen Kneipenkeilerei das Handgelenk gebrochen. Leider gehörte die Keilerei nicht zum Film, sondern fand nach Drehschluss in der Hotelbar statt. Und nach Aussagen aller Anwesenden hatte Jean Belmont mit seinem cholerischen Temperament – da war er ganz sein Vater – die Prügelei angezettelt. Deshalb zahlte die Versicherung nicht. Jean kam auf eine Schwarze Liste der Filmproduktionsfirmen. Als findiger Elsässer erfand er daraufhin einen völlig neuen Berufszweig: Stuntman am Theater. Je nun, es lief noch nicht so richtig. Die Welt wusste noch nicht, dass man diesen Beruf brauchte. Aber Jean hatte eine Vision, ein Ziel und in Lasker Schudrow seinen ersten Auftraggeber.

"Was soll das denn jetzt!", bellte Schudrow durch sein Megafon. "Verdammt, was soll der Quatsch? Ich habe doch ausdrücklich verlangt, dass das Sprungpolster nicht während der Proben getestet wird. Das stört meine Konzentration!"

Liese von Bühlow kämpfte sich bereits ungelenk auf das einen Meter fünfzig hohe Polster und rief: "Jean ... Jean ... äh ... ist alles in ... dings ... Ordnung?"

Jean rappelte sich hoch. Die Perücke war verrutscht, der israelitische Umhang klaffte weit über der behaarten Brust auf und der Ausdruck in seinem Gesicht ließ sich nur mit 'verdutzt' beschreiben.

Als er sich aufsetzte, kam das Polster wie eine Welle in Bewegung und Liese wurde auf den Rücken geworfen. Ihr bauschiges Blümchenkleid rutschte ihr über den Kopf und – schwupps! – landete sie, blind um sich schlagend, auf dem Pflaster. Leider mit dem Kopf voraus. Und leider auch etwas zu wuchtig für ihren kleinen Kopf mit den blonden Rattenschwänzen.

Ein Arzt, der zufällig mit seiner Familie auf der Terrasse des Goldenen Adlers das Mittagessen zu sich nahm, kam herbeigeeilt und diagnostizierte bei Jean eine Weinfahne und bei Liese eine Gehirnerschütterung.

Liese kam – wie schon Lissy von Wellenfels – ins Diakonie-Krankenhaus, von den Einheimischen liebevoll zu Diak verkürzt.

Und dem angetrunkenen Jean glaubte niemand, als er behauptete, jemand habe ihn absichtlich die Brüstung hinuntergestoßen.

"Stellt euch nur vor, das wäre mir passiert!" Ron Raimundo nahm einen übergroßen Schluck Haller Löwenbräu-Pils.

Erhard Frühwirt nickte. Offenbar stellte er es sich vor. Plastisch und in allen Einzelheiten. Frühwirt war ebenfalls Tenor, Tenor Nummer zwei für Schudrow, und war ursprünglich für die Hauptrolle vorgesehen gewesen, doch dann kam Raimundo des Weges. So blieb ihm zur Aufrechterhaltung seines Selbstgefühls nur der Satz: “Ihr wisst schon, dass ich demnächst mit einem eigenen Soloprogramm toure?”, den er völlig wahllos immer mal wieder ins Gespräch zu werfen pflegte, woraufhin man als Zuhörer am besten seine Gehörmuscheln verschloss. Dieses Mal sagte er jedoch: “Wir dachten ja alle, das wäre dir passiert. Wolltest du den Stunt nicht selbst durchführen?”

Raimundo wischte sich den Schaum vom Mund. “Als ich nach hinten kam, hat Jean mich förmlich angefleht, den Stunt machen zu dürfen. Wegen dieser Werbeleute. Ihr wisst doch, die Sprungpolsterfuzzis. Das Teil war heute ja nur aufgebaut, weil der Hersteller eine Fotoserie schießen wollte.” Einige der Anwesenden erinnerten sich dumpf daran, dass zwei biedere Anzugträger am Vormittag Visitenkarten der Firma *Blasebalg & Co. – aufblasbare Polster für alle Situationen des Lebens* verteilt hatten.

“Jean wollte sich bestimmt nur in Szene setzen”, warf Marie Müllerschön, ehemalige Miss Mosel und jetzt talentfreies Besetzungscouchstarlet, ein. “Von wegen Mordanschlag. Da lachen ja die Hühner.”

Clara Pauly, die am anderen Ende des Tisches saß, starrte in ihr Cocktailglas.

Ausnahmsweise saßen sie allesamt im *Jenseits Kochen*, der eleganten Bar des Ringhotels Hohenlohe. Hier residierten in einer der besten Suiten Gernot Haussmann und seine Frau Mirabelle, die ihre Kollegen “auf den Schock hin” zu einem Umtrunk eingeladen hatten. Für Gernot und Mirabelle kam es auf Geld nicht an. Sie war von Beruf Tochter eines Großindustriellen und er war seit Jahren, seit seinem Karriereknick nach einer vernichtenden Kritik, darin geübt, lässig das Geld seiner Frau auszugeben.

“Wer sollte diesen lächerlichen Franzosen schon umbringen wollen?”, setzte Marie noch eins drauf.

“Vielleicht galt der Anschlag ja Ron. Schließlich glaubten alle, er hätte mit Jean getauscht.” Erhard Frühwirt klang irgendwie hoffnungsvoll.

“Quatsch!”, rief Clara und kippte ihren ‘Sex on the beach’ auf ex.

Die edlen Spender Gernot und Mirabelle nahmen an der feuchttraurigen Runde nicht teil, weil Mirabelle kurz entschlossen den Hoteldirektor zu sich zitiert hatte, um das Zimmer zu tauschen. Das geschah ohne Steuerung durch ihr zentrales Nervensystem und war eine gewohnheitsmäßige Reaktion auf Stress von außen.

“Wenn ich für eine Aussicht zahle, erwarte ich etwas Interessanteres als das hier!”, monierte sie.

Die Haussmann-Gessners bewohnten die mit Abstand schönste Suite des Hotels Hohenlohe. Geschmackvoll-luxuriöses Ambiente mit jedem nur vorstellbaren Komfort. Und einer traumhaften Aussicht auf die mittelalterliche Altstadt, den lieblichen Kocher und die majestätische Kirche St. Michael auf der anderen Flussseite. So eine Aussicht gab es in ganz Hall nicht mehr. So eine Aussicht gab es weltweit nicht mehr.

Sogar Gernot Haussmann wurde die Anspruchsattitüde seiner Frau allmählich peinlich; schließlich hatten sie seit ihrer Ankunft vor einer Woche bereits zwei Mal die Suite gewechselt. "Liebling, was erwartest du denn als Aussicht? Die hängenden Gärten der Semiramis? Weißschwanzgnuherden, die vor dem Hotel zu Tausenden vorüberziehen?"

Mirabelle hob eine ihrer raffiniert gezupften Augenbrauen.

Kein gutes Zeichen.

Während der Hausdiener das Gepäck der Haussmann-Gessners in die nebenliegende Suite verfrachtete, saß einige Kilometer weiter kocherabwärts Jean Belmont am Krankenbett von Liese von Bühlow und drückte ihre Hand.

"Isch bin so froh, dass dir nix Schlimmerès passiert ist", sagte er mit seinem charmanten Accent, flüsternd, damit die anderen Frauen im Zimmer nicht beim Anschauen ihrer basisdemokratisch gewählten Lieblingsvorabendserie auf RTL II gestört wurden.

Liese wollte nicken, aber ihr tat der Kopf weh. Wie gern hätte sie ihm ihre Gefühle in seiner Muttersprache anvertraut, da sein Deutsch nicht wirklich für ein zartes Gespräch ausreichte. Aber Liese hatte sich seinerzeit am Lyzeum für Latein und Altgriechisch entschieden anstatt für lebende Sprachen und so konnte sie auf Französisch nur "Oui, merci" und "Un rouleau de papier hygiénique, s'il vous plaît" sagen. Ihrer Meinung nach sollte man das in jeder Fremdsprache sagen können, darum hatte sie es auch auf Mandarin-Chinesisch und Kisuaheli gelernt. Und wie sich später herausstellen sollte, war das für ihre Beziehung zu Jean auch völlig ausreichend.

Und während Jean Lieses Hand mit Küssen bedeckte – trockene, lautlose Küsse, damit die anderen Frauen auch ja keine Dialogzeile verpassten –, führte Lasker Schudrow in der gemütlichen Kaminlobby des Hotels Adelshof sein Interimsregieassistentenvorsprechen durch.

Schudrow bewohnte das legendäre *Chambre Rouge* des Hotels, aber dort hatte keine Menschenseele Zutritt – außer ihm, dem Zimmermädchen und dem Kellner vom Room-Service.

Niemand, der bei Verstand war und Lasker Schudrow auch nur ein einziges Mal live erlebt hatte, würde freiwillig für ihn arbeiten wollen. Darum hatte er am Nachmittag einige junge Menschen auf den Straßen der Stadt angesprochen. "Wolltest du mit deiner Ausstrahlung und deinem Aussehen nicht schon immer zum Theater?", funktionierte fast ausnahmslos. Und die meisten jungen Menschen wussten ja auch nicht, dass 'Regieassistent' ein Synonym für 'Leibsklave' war und man – zumindest bei Schudrow – nichts weiter zu tun hatte, als ihm regelmäßig Kaffee oder Bier zu holen und seinen Sabber vom Megafon zu wischen.

Zeitgleich war für die Truppe in der Bar des Hotels Hohenlohe der Moment gekommen, in dem die Rechnung beglichen werden sollte. Wie sich herausstellte, hatten die Haussmann-Gessners nicht daran gedacht, den Barkeeper hinsichtlich der Einladung zu informieren, sie hatten aber daran gedacht, ihre Handys auszuschalten. Auf das Klopfen an der Zimmertür reagierten sie nicht. Also mussten alle ihre Getränke selbst zahlen, was hauptsächlich Erhard Frühwirt fuchste, der – es hätte ja umsonst sein sollen – drei Glas vom besten Champagner des Hauses bestellt hatte.

Vor der Henkersbrücke verabschiedeten sich Marie Müllerschön und Elisabeth von Wellenfels von den anderen. Sie hatten sich im Hotel Kronprinz einquartiert, weil sie einfach in einem von Frauen geführten Haus wohnen wollten.

Erhard Frühwirt, Ron Raimundo und Clara schlenderten über die fast menschenleere Neue Straße in Richtung St. Michael. Als die drei das letzte Stück zum Marktplatz erklommen, schlug es Mitternacht.

Und da sahen sie sie auch schon.

Die Mumie.

Von Kopf bis Fuß in weiße, mullbindenartige Stoffstreifen gehüllt.

Später schworen sie allesamt Stein und Bein, dass die Mumie den Bernhardiner Pawlow mit Frolic-Knabberhappen fütterte, bevor sie lautlos in Richtung Sarkophag lief.

"Halt!", rief Ron mit einer Verve, die man eher einem Fremdenlegionär als einem Bühnentenor zugetraut hätte.

Der schmale Schlitz, der der Mumie als Mund diente, bewegte sich und stieß Unverständliches aus.

"Was sagt sie?", fragte Clara.

"Klingt hieroglyphisch", konstatierte Frühwirt.

Die Mumie verschwand im Schatten des Sarkophags. Sie schien sich in Luft aufgelöst zu haben.

Natürlich wurde am nächsten Vormittag der Sarkophag, der mit einem Vorhängeschloss gesichert war, von Alexander Schmid, dem Leiter des Künstlerischen Betriebsbüros, geöffnet und für leer befunden.

Das Vorhängeschloss war nicht aufgebrochen worden und im Innern des Sarkophags fanden sich auch keinerlei Spuren einer Bewohnung.

Die ganze Welt lachte über Frühwirt, Ron und Clara, aber der Welt würde das Lachen noch im Halse stecken bleiben.

6. Akt
Der Mimin flicht die Nachwelt keine Kränze

Wenn auch sonst niemand an die Mumie glaubte, der Hoolgaascht wusste es mittlerweile besser.

Dieser 'Haalgeist' war eine Art menschlicher Wolpertinger, der breitestes Hohenlohisch sprach und die Haller Salzquelle bewachte. Er zeigte sich von der altägyptischen Konkurrenz nicht sehr begeistert.

"So ganz geheier isch mir des Treiba ja ned. A Mumie saud nachds uff d'r Schdroaß rum. Wer soll sich dô no an mir verschregga?", ließ er am nächsten Tag, einem Samstag, in der Beilage des HALLER TAGBLATTES schreiben. Was übersetzt ungefähr hieß: 'Obacht, Mumie, wenn ich dich in die Finger kriege, fliegen die Mullbindenfetzen ...'

Zu Shakespeares Zeiten bekamen die Schauspieler einfach ihre Rollen zugewiesen und betraten die Bühne 'ungeübt'. Das Theater ereignete sich vor und mit den Zuschauern.

Lasker Schudrows Ansatz war ein völlig anderer: Nur stundenlanges Proben vermittelte ihm das Gefühl, alles im Griff zu haben und die Welt, die ihn erschütterte, selbst erschüttern zu können.

Clara Pauly, die erst in einer halben Stunde wieder an der Reihe war, saß auf der Treppe vor dem Class-Gebäude links hinter der Kirche, in dem sich die Künstlergarderoben, die Maske und die Schneiderei befanden, und wartete auf ihren Auftritt. Sie versuchte, nicht auf Ron zu achten, der direkt neben ihr eine andere Statistin anbaggerte.

"Du spielst deine Komparsenrolle wirklich gut", säuselte er, stützte sich mit der Hand am gusseisernen Treppengeländer ab und lächelte auf die Kleine hinunter.

Die Kleine erwiderte sein Lächeln. Man hatte als Frau einfach keine andere Chance.

Clara schmollte. Frei nach Arthur Koestler dachte sie nun: Schauspieler zu mögen und ihnen dann zu begegnen ist wie Gänseleberpastete zu mögen und dann die Gans zu treffen.

Weiter vorn auf dem Marktplatz war Lasker Schudrow auch nicht glücklich. Der junge Mann, den er als Ersatz für Liese von Bühlow engagiert hatte, schien ständig so erregt, als habe er einen Finger in der Steckdose. Schon zweimal hatte er den Kaffee verschüttet, den er für Schudrow hatte holen sollen. Und ohne Koffein funktionierte Schudrow einfach nicht.

"Bin ich hier nur von Idioten umgeben?", brüllte er in sein Megafon und stapfte verärgert in Richtung Toilette.

"Ich hab's doch nicht absichtlich gemacht." Der junge Rastalockenträger – sein Name war Lorenz – hätte beinahe geheult.

Erhard Frühwirt klopfte ihm väterlich auf die Schulter. "Keine Sorge, der beruhigt sich schon wieder."

Das erinnerte ihn an seine Anfänge beim Theater. Er war die Stehlampe gewesen in Ricky Genazinos Inszenierung von *Carmen*. Wenn man weiß, dass im ursprünglichen Libretto von *Carmen* keine Rolle für eine Stehlampe vorgesehen ist, kann man sich ungefähr denken, wie wenig er zu singen hatte. Geld zum Leben verdiente er sich zu jener Zeit noch mit Overvoice-Jobs bei Pornofilmen. In der spielfreien Zeit tingelte er mit einem selbst zusammengestellten Arien-Medley durch Bierzelte und Hochzeitsgesellschaften. Irgendwann ging es bergauf. Feste Engagements beim freien Theater Langenhagen-Engelbostel und an der Sommer-Oper im Wurzachtal.

Dann kam der tragische Unfalltod seiner ersten Frau – und nur ungefähr 2,6 Sekunden später trat die wesentlich jüngere Kalinka in sein Leben, das darauf gefühlte 1,2 Sekunden lang richtig gut war. Doch bald schon merkte er, dass sich Kalinka mit *seinem* Geld, aber *anderen* Männern amüsierte, und nach einer hässlichen Scheidung tingelte er nun wieder durch die Lande.

Die Freilichtspiele Hall hätten seine Chance auf einen Neuanfang werden können, aber dieser Raimundo hatte ihm ja die Hauptrolle gestohlen. Wahrscheinlich hatte er mit dem Regisseur geschlafen. Oder er hatte etwas gegen ihn in der Hand und hatte ihn erpresst. Frühwirt klopfte etwas fester auf die Schulter des jungen Lorenz, der daraufhin zusammenzuckte, und räusperte sich. "Das Theater ist nichts für Schwächlinge, mein Junge. Habe ich dir eigentlich schon erzählt, dass ich demnächst mit einem eigenen Soloprogramm toure? Mit dem Neffen meiner ersten Frau ..."

Aber da hatte sich Lorenz seiner Umklammerung schon entzogen und lief zum Streichelstall, um die Ferkel zu kraulen.

Das Hotel Adelshof befand sich in einem beeindruckenden romanischen Steinbau neben der St.-Michaelskirche, der einst als staufischer Verwaltungssitz gedient hatte. Schon beim ersten Schritt ins Foyer – man beachte den riesigen Kamin mit dem beeindruckenden kupfernen Abzug – war zu spüren, dass man geschichtlichen Boden betrat. Lasker Schudrow fühlte sich folglich pudelwohl in dem eleganten Ambiente, weil auch er Geschichte zu machen gedachte.

Nachdem er in seiner Suite sein Geschäft verrichtet hatte – er benützte grundsätzlich niemals öffentliche Toiletten, wegen der Keime, eher schon pinkelte er in aller Öffentlichkeit an eine Mauer, aber das hatte ihm der Intendant für den Innenstadtbereich strikt untersagt –, warf er noch rasch ein paar Beruhigungstabletten ein, die er sich aus dem Internet besorgt hatte. Im Grunde war ja die Bühne sein existenzieller Ort, wenn nur diese Schauspieler nicht wären ...

Ihr Auftritt, Clara Pauly!

Mittlerweile konnte sich Clara kaum noch erinnern, warum sie so theaterbesessen und spielwütig gewesen war. Ihre Theatererfahrung ließ sich bislang nur als unglamourös und emotional schmerzlich beschreiben. Mit elend langen Wartezeiten, in denen man weder lesen noch sonst was machen konnte. Von der Einsamkeit ihres Hotelzimmers ganz zu schweigen.

Und man sehe sich nur den Regisseur an: Gottgleich residierte er zu Füßen der Treppe auf dem Pharaonenthron. Schudrow zweckentfremdete die teure Requisite zum Regiestuhl, die Füße hatte er auf dem hechelnden Bernhardiner Pawlow abgelegt. Neben ihm stand Ersatzregieassistent Lorenz und fächelte seiner Majestät von eigenen Gnaden mit einem Manuskript Luft zu. Wenn sie nicht beschlossen hätte, dass heute der Tag war, an dem sie ihren widerborstigen Galan Ron Raimundo definitiv umbringen würde, würde sie eine Meuterei gegen Schudrow anzetteln.

Schudrow klatschte mal wieder in die Hände.

Clara marschierte, als ägyptischer Krieger verkleidet, zu ihrem Ausgangspunkt vor der Buchhandlung am Klosterbuckel, neben dem schmalen Seitenaufgang zur Kirche mit dem BITTE-FREIHALTEN-Schild. Hinter ihr trabte ein gigantischer schwarzer Kaltblüter. Sie gab ihm ein Zuckerstück und er schnaubte wohlig seinen heißen Atem in ihr ohnehin heiß-schwitziges Gesicht.

Brütende Hitze lag über der Stadt.

Mittig vor den Stufen von St. Michael wartete Moses und tupfte sich einen Schweißtropfen von der Schläfe.

Neben ihm stand Aaron, der soeben verbittert festgestellt hatte, dass der Holzstab des Moses länger war als seiner. Er nahm sich fest vor, mit dem Requisiteur zu sprechen. Es war ja wohl sein gutes Recht, mindestens einen gleich langen Stab zu bekommen. (Als Requisiteur Bottini später moserte, er habe keinen längeren Stab und seine blöde Phallus-Argumentation könne er sich sonst wohin stecken, zog Aaron alias Frühwirt im nächsten Morgengrauen in den Wald auf dem Friedensberg, suchte sich einen passenden Ast und schnitzte sich höchstselbst einen zwei Meter zehn langen Stab zurecht.)

Die Statisten warteten im Schatten auf den Bänken unter den Kirchenlinden auf ihren Marschbefehl.

Am Kopf der Treppe rückte der Pharao seinen Schritt zurecht.

Man probte die ergreifende Szene, in der die ägyptische Armee versucht, das Volk Israel vor dem Roten Meer abzuschlachten.

Der Special-Effects-Mann hatte eine affenstarke Feuersäule hinbekommen, die völlig ungefährlich war, einem jedoch in ihrer schieren Größe den Atem raubte. Allerdings bekam jedes normale Pferd beim Anblick der Säule einen schockbedingten Beinahe-Infarkt. Liese von Bühlow hatte daraufhin – das war noch vor ihrem Polstersturz gewesen – von einem Reiterhof in der Nähe ein nervenstarkes, schnuckeliges Pony besorgt, aber das hatte Schudrow zu einem berüchtigten Wutanfall gebracht, bei dem selbst Choleriker Jean anerkennend die Lippen schürzen musste. "Ein Pony soll den Streitwagen des Pharao ziehen?", hatte Schudrow mit aufgeblähten Lungenflügeln geschrien. "Du tickst ja wohl nicht richtig. Besorg mir was Beeindruckendes!"

Und nun hatten sie also einen gigantischen schwarzen Kaltblüter, neben dem sogar Bernhardiner Pawlow zwergenhaft wirkte. Der schwarze Riese sei durch nichts zu erschüttern und weder Feuersäule noch applaudierendes Publikum würden ihn auch nur im Geringsten kratzen, hatte der Besitzer des Tieres glaubhaft versichert. Natürlich hatte Django, so hieß das Pferd, etwas von einem Bierkutschengaul an sich und tatsächlich zog er zusammen mit seinem gleichermaßen imponierenden Bruder Reinhard gelegentlich den alten Festumzugswagen der Haller Löwenbrauerei. Jeder echte Pharao hätte sich geweigert, den menschlichen Ersatz für ein Bierfass zu geben, aber Kunst entsteht ja oft durch Kompromisse.

Clara gab Django noch ein Zuckerstück.

"Und Äktschn!", röhrte Schudrow in sein Megafon.

Der Pharao sang *Meine Waffen, meine Rüstung – und zwar sofort*, was – nicht nur wegen des roten Tuches auf seinem Kopf – sehr an Katja Ebstein erinnerte, dann ging er an der rechten Seitentreppe ab und stieg in seinen Streitwagen, der dort parkte. Clara gab Django daraufhin noch ein Stück Zucker und das Pferd lief ihr anstandslos hinterher, als sie soldatisch in Richtung Marktplatz marschierte.

Franz Finck alias Josua schmetterte *Hörst du das Donnern? Das Donnern von Hufen!* Die blaue Plane, die sonst den Nil gab, spielte in dieser Szene das Rote

Meer. Als Moses seinen Stab hob, klappte die Plane auseinander. Ein bisschen sah es so aus, als spräche die Treppe nun mit gespaltener Zunge.

Clara, Django und der Pharao im nachgebauten Streitwagen bogen um die Ecke.

Moses drehte sich zu ihnen um und hob erneut seinen Stab.

Statt der Feuersäule, die an diesem heißen Vormittag nicht zum Einsatz kam, musste Lorenz flammenzüngelnde "Sch-sch-sch"-Töne von sich geben und sich als Ersatzfeuersäule vor die Treppe stellen.

Clara und somit Pferd und Wagen blieben stehen. Clara zog die Sicherheitsnadel aus ihrem Umhang.

In diesem Augenblick kam Mirabelle Gessner angelaufen, dabei war sie gar nicht dran. "Schwein!", schrie sie und meinte damit sicher nicht Sau Hertha, die drüben beim Brunnen unter einem extra aufgestellten Sonnenschirm döste.

Der Pharao rief entnervt: "Mirabelle!"

Clara stieß zu.

Später würde sie behaupten, eine Wespe müsse Django gestochen und auf diese Weise verschreckt haben.

Die nachfolgende Szene behielten alle Beteiligten wie in Zeitlupe in Erinnerung:

Django bäumte sich auf, der Streitwagen löste sich aus der Halterung, Pharao Gernot fiel auf das Pflaster, Django stürmte klappernd los, Moses sprang beherzt auf die Treppe, Mirabelle blieb stehen, das Pferd nicht.

Schreie, Chaos, Höllenqualen, Blut.

Tarantinoesk.

Django stürmte quer über den Marktplatz und die Marktstraße hinunter, Pawlow hielt das für eine Konkurrenzsportart, lief erst hinterher und überholte dann das Pferd auf Höhe der Blumenhandlung.

Muttersau Hertha erhob sich neugierig, konnte aber wegen der Kinder nicht mitmachen. Die Ferkel quietschten trommelfellzerfetzend.

Die Touristen klickten auf die Auslöser ihrer Fotoapparate.

Autos hupten. Babys schrien.

Aus der Ferne war die Sirene eines Krankenwagens zu hören.

Der Einzige, der völlig cool blieb, war Regisseur Lasker Schudrow. Die Internetpillen waren wohl doch eine Ecke stärker, als er gedacht hatte. Beseelt schnarchend lag er auf dem Pharaonenthron.

Oben, am Fenster seines Büros, stand der Intendant, seufzte schwer und warf ein Gummibärchen ein.

Und da klingelte auch schon sein Telefon. Bestimmt der Oberbürgermeister ...

7. Akt
Auf Stichwort: Mord

Krisensitzung im *Chambre Rouge*.

In jedem anderen Fall hätte Krisensitzung bedeutet, dass die wichtigsten Entscheidungsträger beisammensitzen und überlegen, wie die Situation noch zu retten ist. In Lasker Schudrows Fall bedeutete Krisensitzung, dass er allein in seiner Hotelsuite saß und eine Krise hatte. Und im Zuge dieser Krise zügig die Minibar leerte. Monaco-Franze hätte das seinerzeit mit dem Kommentar "Sigsdas, des is's eben, die Krise" quittiert.

Jedes gute Hotel besitzt Themenzimmer, so auch der Adelshof zu Schwäbisch Hall. Im *Chambre Rouge* regierte die Farbe Rot mit all den lebenssprühenden Vibrationen, die sie zu wecken verstand. Bei der Einrichtung des Zimmers beabsichtigte man, dass der Tango des Lebens die Bewohner begeistern solle.

Lasker Schudrow war in diesem Moment aber nicht begeistert. Er hing mit dem Handy in der Hand über der Lehne der roten Ottomane und stierte geistesabwesend auf die atemberaubende Aussicht, die man in dieser Stellung auf den Haller Marktplatz hatte.

"Komm schon, Bernd", flehte er in die Sprechmuschel. "Ich kann nicht mit Menschen. Menschen sind ätzend. Lass mich für dich einen Animationsfilm machen. In der Animation liegt die Zukunft!"

Es klopfte dezent.

"Knetfiguren. Oder total animiert. Ich mach dir alles."

Es klopfte neuerlich. Bestimmt der Zimmerkellner mit dem Clubsandwich. Zimmerkellner waren die einzigen Lebewesen auf diesem Planeten, die Lasker Schudrow liebten. Und das auch nur, weil er immer exorbitant hohe Trinkgelder gab.

"Bernd, leg nicht auf, nicht auflegen! Bernd? Scheiße!" Schudrow starrte das Handy in seiner Hand ungläubig an. Wieder einmal zeigte sich, dass auch Produzenten nur Menschen waren und zwar besonders ätzende.

Er wählte eine neue Nummer. "Regina? Regina, lass mich für dich einen Knetfilm machen! Regina? Regina?"

Schudrow schmiss das Handy aus dem geöffneten Fenster und fluchte.

Es klopfte schon wieder. Insistierend.

Schudrow marschierte zur Tür und riss sie auf. Durch die ruckartige Bewegung glitt sein Morgenmantel auf und man bekam freien Blick auf seinen fleckigen Baumwolleingriffslip.

Aber Clara Pauly hatte in ihrem Leben schon Schlimmeres gesehen. Sie zuckte nicht mit der Wimper.

“Herr Schudrow, lassen Sie mich für die Gessner einspringen. Ich kann das!”

Mirabelle Gessner war von Django selbstredend nicht zu Tode getrampelt worden.

Ein gut sozialisiertes Pferd galoppiert keine Menschen nieder. Aber die Halteseile, mit denen der Streitwagen an Django provisorisch befestigt worden und die bei seinem Von-null-auf-hundert-in-sechs-Sekunden-Formel-I-Start gerissen waren, hatten sie mit solcher Wucht am Ohr getroffen, dass sie mit 27 Stichen genäht werden musste und zur Beobachtung im Diakonie-Krankenhaus behalten worden war.

“Bald können wir einen eigenen Freilichtspielflügel eröffnen”, hatte eine Jung-Diakonisse gespottet und insgeheim gehofft, dass nicht nur immer die weiblichen Theaterleute getroffen wurden, sondern es auch mal einen knackigen Jungschauspieler erwischte.

Wenn man so im Krankenhausbett liegt, ohne wirklich schwer krank zu sein, hat man viel Zeit, über sein Leben nachzudenken.

Mirabelle gestand sich ein, nicht wirklich viel Talent zu haben. Sie war zur Bühne gegangen, weil sie damit ihren Vater, einen stockbiederen Großindustriellen, am meisten hatte ärgern können. In ihrer Jugend galt sie – lange vor Paris Hilton – als wildes, hemmungsloses und völlig durchgeknalltes Partygirl, deren Dopamin-Haushalt jeden Abend mit Einsetzen der Dämmerung so lange Amok lief, bis sie sich in einen rettenden Alkoholrausch flüchtete, aber dann hatte sie doch tatsächlich einen Klon ihres Vaters geheiratet: einen älteren Schauspielerkollegen, einen verkappten Biedermann, der jeden Abend vor dem Zubettgehen seine Klamotten artig gefaltet am stummen Diener aufhängte und in der Tat glaubte, G-Punkt nenne man den Informationsschalter an Flughäfen. Ihr Vater hatte sie noch gewarnt: “Wenn du diesen Versager heiratest, wirst du den Rest deines Lebens Economy fliegen müssen!” Sie hatte es trotzdem getan. Und weil Gernot nie von seinem “lieben Frauchen” getrennt sein wollte, tourten sie förderhin gemeinsam mit Boulevardstücken durch die Republik, weitestgehend heimlich finanziert aus dem Haushaltsgeld von Mirabelles Mutter, die ihrer einzigen Tochter keinen Wunsch abschlagen konnte.

Mirabelles einzige Freude im Leben bestand darin, in jeder neuen Bleibe den zuständigen Hotelmanager in den Wahnsinn zu treiben. Und mit jüngeren Kollegen zu flirten.

Nur mit Ron Raimundo war es nicht beim Flirt geblieben, als sie sich während des Castings in Berlin kennengelernt hatten. Und nur wegen Ron hatte sie die Rolle in den Zehn Geboten überhaupt angenommen.

Doch dann hatte sie in der Toilette des Hotels Adler, die von den Schauspielern während der Proben benutzt werden durften, gerade ihren zweiten Liter *Apollinaris Silence* des Tages entsorgt, als vorn bei den Waschbecken diese unsägliche Hüpfdohle Lissy mit den horizontalen Fertigkeiten des ersten Tenors geprahlt hatte. Noch dazu Fertigkeiten, in deren Genuss sie, Mirabelle, nie gekommen war, weil er sich bei ihr nach der Eröffnungsnummer in Missionarsstellung immer umgedreht hatte und eingeschlafen war.

Natürlich hatte es darauf nur eine mögliche Vorgehensweise gegeben: rohe, körperliche Gewalt. Sie wollte dieses Schwein mit bloßen Fäusten bewusstlos prügeln.

Doch nun lag sie hier, entstellt, verkrüppelt, fürs Leben gezeichnet. Und wer hielt ihre Hand?

Gernot, der Langweiler. Gernot, der mit der freien Hand in *Elf Freunde* blätterte und "Klasse Foto von Kahn!" rief.

Mirabelle griff zum Telefon. "Mami? Mami, schick den Maybach und hol mich hier raus!"

Mittlerweile waren die Proben der Freilichtspiele Kult.

Das KBB überlegte schon, Eintritt zu verlangen – nicht ganz im Unernst. Mit diesem Geld hätte man locker dringend notwendige Investitionen in die drei Spielorte der Stadt tätigen können.

Die Massen strömten.

Die Proben waren schon seit jeher für einheimische und zugereiste Passanten von Interesse. Hautnah mitzuerleben, wie Theater entsteht: wo gibt es das schon? Aber die Proben zu den Zehn Geboten genossen den Nimbus des ganz großen Entertainments, ein Hort der Glückseligkeit für alle Katastrophentouristen: fliegende Menschen, durchgehende Pferde, spukende Mumien. Das voyeuristische Begehren der Massen wurde völlig unabsichtlich, aber dennoch gezielt stimuliert.

Was würde wohl heute passieren?

Man machte es sich mit Decken und Thermoskannen auf der Mauer vor dem Rathaus bequem. Einige hatten Klappstühle mitgebracht.

Die Anzahl der Ordner war verdoppelt worden und die Männer und Frauen hatten auch alle Hände voll zu tun.

“Pst!” Vor dem Rathaus legte ein Ordner den Zeigefinger auf die Lippen, als Clara Pauly in einem Hauch aus Nichts auf die Treppe trat und zwei Jugendliche daraufhin anerkennende Pfiffe ausstießen.

Man probte an diesem Nachmittag die Szene, in der Moses der Enkelin des Pharao seine wahre Herkunft erklärt und ihr mitteilt, dass er von nun an bei seinem Volk leben wolle. Was die Enkelin des Pharao, die schon die Hochzeit geplant und die Unterschrift ‘Nefertiri, Frau des Mose’ auf diversen Papyrusrollen geübt hat, verständlicherweise nicht gut findet. Nölig fordert sie mithin seine Liebe ein.

Liebe mich! war das einzige Lied, das die Enkelin des Pharao zum Besten gab und auch so gut wie der ganze Text der Figur in diesem Stück. Clara hatte nicht besonders lange in Schudrow dringen müssen, um Mirabelle Gessner ersetzen zu dürfen. Schudrow fand sogar, dass die Chuzpe, mit der er diese mutige Entscheidung traf, eine gewisse Brecht’sche Qualität besaß. Hatte Bertolt Brecht nicht geschrieben: ‘Auf der Bühne eines realistischen Theaters müssen lebendige, runde Menschen stehen’? Clara war ein lebendiger Mensch und – im Vergleich zu den richtigen Schauspielerinnen – auch rund. Ergo: perfekt! Experimentelles Freilichttheater. Schudrow war sehr zufrieden mit sich gewesen. Allerdings hatte er zu diesem Zeitpunkt ja auch den kompletten Inhalt der *Chambre-Rouge*-Minibar intus gehabt.

“Äktschn!”, gellte er wie immer in sein Megafon.

‘Soll das wirklich schon alles gewesen sein?’, dachte Muttersau Hertha.

Nach ihrem mittlerweile vierten Wurf fand sie, dass sie zum Erhalt ihrer Rasse genug beigetragen hatte. Und Kinder waren einfach nicht alles im Leben. Hertha hatte den ersten Schritt in Richtung Selbstverwirklichung bereits getan – sie war beim Theater. Aber der Applaus der Massen befriedigte sie nicht. Trotz ihrer Erfolge als Schauspielerin und Mutter litt Hertha an Depressionen. Eindrücklich hatte sie gemerkt, wie wenig äußerer Erfolg und inneres Glück korrelieren, als Django und Pawlow an ihr vorbeigestürmt waren. Das wollte sie auch. Frei sein! Nicht nur selbstverwirklicht leben, sondern auch selbstbestimmt. Einfach mal loslaufen, wenn ihr danach war. Sich aus einer frühlingshaften Laune heraus mit einem Biergaul und einem Sabberköter ein Wettrennen liefern. Und gewinnen. Das Leben leicht nehmen. Schmetterling sein.

Ja, das war es, befand Muttersau Hertha und grunzte: Sie wollte ein Schmetterling werden!

Clara schämte sich. Sie hatte sich noch nie derart leicht bekleidet in der Öffentlichkeit gezeigt.

Das Kleid war transparent und konnte nur als anzüglich beschrieben werden. Es war schilfgrün, mit einem echsenschuppenartigen Muster. Darunter trug sie nichts weiter als einen Stringtanga und einen Push-up-BH. Clara sah aus wie das Kind der Liebe zwischen Dolly Buster und Godzilla und hatte das Gefühl, ein Kleid nur aus Männerblicken zu tragen. Außerdem saß das Teil mehr als hauteng, weil es definitiv nicht für eine Größe 44 geschneidert worden war. Leugnen zwecklos: Clara betrat als lebende Presswurst die Stufen der Treppe.

"Mehr Stoff können wir nicht herauslassen", hatte die Schneiderin aufseufzend gemeint. "Du bist einfach fraulicher als die Mirabelle." Fraulicher im Sinne von dicker. "Steht dir aber gut", hatte die Schneiderin noch gesagt und es ernst gemeint. Clara hörte aber nur Spott heraus.

Und als Ron Raimundo bei ihrem Anblick große Augen bekam und "Boar ey!" hauchte, empfand sie das als puren Hohn. Er musste ja auch nicht im Kostüm proben, sondern trug seine Moses-Zopfperücke zu seinem üblichen schicken weißen Leinenanzug.

Ihrer Scham konnte sich Clara allerdings nicht hingeben, weil das Kleid knöchellang war und sie Angst hatte, auf den Saum zu treten und 'volle Pulle auf die Fresse zu fallen', wie es ihr kleiner Bruder ausgedrückt hätte. Außerdem musste sie sich auf ihren Text konzentrieren. Wie ging der gleich noch mal?

Da kam schon Moses alias Ron auf sie zu. Mein Gott, sah der heute wieder gut aus! Und wie gut er roch!

Clara schluckte.

Wieso konnte sie nicht einfach ausrufen: "Ego te expulso!" und alles war vorbei und vergessen? Wieso nistete sich das Verliebtsein – und gerade das Verliebtsein in den Falschen – wie mit Widerhaken ins Herz ein?

Verdammt!

"Ich habe schon die Evita gesungen!" Mit diesem Argument hatte Clara Schudrow überzeugt. Schudrow hatte nicht gefragt, wo genau sie die Evita gesungen hatte. In seiner 'Mir-schwimmen-die-Felle-weg'-Verzeiflung hatte er sie einfach beim Wort genommen und keine Referenzen eingeholt. Clara hatte ja auch nicht gelogen. Sie hatte tatsächlich die Evita gesungen. Als bei der Weihnachtsfeier in der Firma ihres Ex-Mannes in letzter Sekunde die singende Sekretärin ausgefallen war. Clara hatte vom Blatt gesungen und dennoch keinen einzigen Ton getroffen. Aber sie hatte immerhin bis zum Ende durchgehalten.

Das Ende war momentan jedoch nicht ihr Problem, eher der Anfang. Ihre Lider flatterten. Ihr Hals war wie ausgedörrt.

Moses sagte irgendwas. Clara verstand kein Wort. In ihren Ohren dröhnte es. Wie lautete doch gleich ihr Stichwort?

Kleine Kringel tanzten ihr vor den Augen. Sie schwitzte.

Dann drehte sich Moses zu ihr um und bewegte die Lippen.

Jetzt?

Er zwinkerte ihr auffordernd zu.

Clara öffnete den Mund.

Nun hätte ein ganz großer Moment der Theatergeschichte kommen können. Der Moment, in dem eine bis dato völlig unbekannte Frau mittleren Alters ein Talent vom Ausmaß einer Eleonora Duse mit der Sangesgabe einer Jessye Norman vereint und zur Legende wird. Es hätte ein Moment werden können, der sich allen, die dabei waren, unvergesslich in Netzhaut und Trommelfell einbrennen würde. Aber das Schicksal hatte diesen Moment nicht vorgesehen. Zum einen, weil Clara eine akute Lampenfieberattacke hatte und sich weder an den Text noch an die Noten von *Liebe mich!* erinnern konnte.

Zum anderen, weil das Böse sich exakt diesen Moment ausgesucht hatte, um auf beeindruckende Weise zu demonstrieren, dass es existierte.

In diesem Moment meinte Clara nämlich, ein Zischen zu hören. 'Kein Zweifel', dachte sie, 'auditive Halluzinationen, eine Stressreaktion.'

Doch da schrie Moses auch schon auf.

Und wie.

Ein Pfeil hatte sich tief in seine linke Gesäßbacke gebohrt.

Den Rest kennt man ja schon: Blut, Schreie, Chaos, Kuddelmuddel, Lärm, ein bellender Bernhardiner, quietschende Ferkel, Knipsgeräusche diverser Fotoapparate und von fern die Sirene eines Krankenwagens.

Neu war der Applaus der Menge.

Und der einsame Kritiker, der schwer atmend – als sei er extra für diese Slapstickeinlage zu Fuß aus Stuttgart angetrabt – auf dem kleinen Bänkchen vor der Löwen-Apotheke saß und gar nicht so schnell in sein kleines, schwarzes Buch kritzeln konnte, wie ihm die bissigen Vernichtungsformulierungen einfielen.

Sicher hätte der Intendant angesichts dieses Hexenkessels wieder ein Gummibärchen eingeworfen, aber an diesem Tag weilte er aus intendantorischen Gründen in Berlin.

Sein Telefon klingelte ins Leere.

8. Akt
Der Mann, der von einem Beleuchtungskörper geliebt werden wollte

"Das hätte leicht ins Auge gehen können", konstatierte Bauer zwo mit Blick auf Ron Raimundo, der – auf dem Bauch liegend – in den Krankenwagen geschoben wurde. Aus der Gesäßbacke des Tenors ragte immer noch der Pfeil.

Hauptkommissarin Gesine Bauer rollte mit den Augen. Die Kommentare ihres Assistenten, der wegen der Namensgleichheit 'Bauer zwo' tituliert wurde, waren so überflüssig wie seine heiß geliebte lila Motorradfahrerlederkluft geschmacklos war. 'Das Niveau des Polizeinachwuchses im höheren Dienst ging auch immer mehr vor die Hunde', dachte Gesine nicht zum ersten Mal, offenbar bekam mittlerweile jeder eine Hundemarke, der eine Kragenweite von mindestens fünfundvierzig Zentimetern aufwies.

"Herr Raimundo", fragte sie rasch, bevor der Sanitäter die Tür schloss. "Haben Sie eine Ahnung, wer das getan haben könnte? Haben Sie Feinde?"

"Feinde?", rief Lasker Schudrow in das Kopfschütteln von Raimundo hinein. "Dramatisieren Sie das jetzt nicht über? Das ist doch nur ein Dummer-Jungen-Streich." Er sah auf die Uhr. "Bis wann ist der Pfeil draußen, Doktor? Wir hängen tierisch mit den Proben."

Der Notarzt schloss seine Tasche. "Ein paar Zentimeter weiter oben und Herr Raimundo hätte bleibende Schäden davongetragen. Ein tödlicher Ausgang wäre nicht auszuschließen gewesen. Das ist kein Pennäler-Streich mehr." Aus diesem Grund hatte er auch sofort die Polizei verständigt.

"Was wollen Sie denn damit andeuten? Dass es sich um einen missglückten Mordversuch handelt?" Lasker Schudrow strich sich genervt die Haare aus dem Gesicht. In der Aufregung war ihm das Gummiband seines Pferdeschwanzes gefatzt.

"Momentan können wir noch nichts ausschließen", meinte Hauptkommissarin Gesine Bauer ungewöhnlich nachsichtig. Ihr früherer Lebensabschnittsgefährte war ebenfalls Pferdeschwanzträger gewesen. Genauso wie ihr Ex-Mann. Sie hatte eine heimliche Vorliebe für langhaarige Männer. Auch wenn diese augenscheinlich Persönlichkeitsstörungen aufwiesen.

Schudrow pustete sich eine Strähne aus dem Gesicht. "Dann ermitteln Sie eben um den Probenbetrieb herum. Wir müssen den Premierentermin halten."

Gesine Bauer verlor auf einen Schlag alles Joviale. "Herr Schudrow, eine Mordermittlung hat stets Vorrang. Man ermittelt nicht 'drum herum.'"

Schudrow wurde quengelig. "DIE ZEHN GEBOTE sind eine wichtige Premiere. Eine Uraufführung, verstehen Sie denn nicht? Die oberen Zehntausend kommen. Die Medien sind vertreten. Sogar der Ministerpräsident hat sich angekündigt. Und durch diese dämlichen Unfälle sind wir ohnehin schon knapp dran."

"Unfälle?" Hauptkommissarin Bauer spitzte die Ohren. "Was für Unfälle?"

Der Pfeil war aus dem KBB abgeschossen worden, dem Künstlerischen Betriebsbüro der Freilichtspiele.

Die Praktikantin, eine niedliche Sommersprossige mit blonden Prinzessin-Leia-Zopfschnecken, zeigte sich schwer erschüttert. "Hier ging es zu wie in einem Bienenstock. Ständig wuselte jemand herein und wieder heraus. Total viele Schauspieler, sogar Leute von der Presse. Ich habe echt nichts von einem Mordanschlag mitbekommen."

Die Befragung der Zeugen fand im Besprechungsraum des KBB statt, einem angenehm puristischen Raum, an dessen Wänden im Rahmen einer Kurzausstellung Bilder des lokalen Künstlers Thomas Achter hingen.

"Wieso lagen im Büro denn Pfeil und Bogen offen herum?", wollte Hauptkommissarin Bauer wissen, in einem anklagenden Tonfall, als würden im KBB entsicherte Handgranaten in jeder Zimmerecke tütenweise zum Mitnehmen bereitliegen.

"Requisitenstücke für Robin Hood. Jeder hätte sie nehmen können. Sie lagen auf dem Kickertisch, gleich im Eingangsbereich."

Jetzt befasste sich einer der Spurensicherer damit. Mit dem Bogen, nicht mit dem Kickertisch – wiewohl die Versuchung für ihn groß war. Er sah Gesine an und schüttelte den Kopf. Keine Fingerabdrücke.

Die eigentlichen Bürobewohner konnten aus dem Täterkreis sofort ausgeschlossen werden. Die Praktikantin hatte den rechten Arm im Gips und konnte – Rechtshänderin, die sie war – den großen Bogen unmöglich gespannt haben. Intendant Christoph Biermeier weilte zum Zeitpunkt des Anschlags auf einer Intendantenkonferenz in Berlin, Jutta Parpart hatte an einer Gemeinderatsitzung teilgenommen und Alexander Schmid hatte zusammen mit Chefdramaturg Georg Kistner den Fundus in Hessental gesichtet. Sie alle verfügten also über ein zeugengestütztes Alibi. Clara Pauly war ebenfalls aus dem Schneider: Sie stand ja während des Anschlags direkt vor Ron Raimundo auf der Treppe.

Bei allen anderen sah es dagegen mau aus.

“Sie als Regisseur haben sich während der Probe einfach abgesetzt?” Gesine Bauer klang ungläubig.

“Ich hatte vergessen, den Intendanten über meine Entscheidung bezüglich des Ersatzes für Frau Gessner zu informieren.” Schudrow konnte nicht mit Frauen. Er war nicht schwul, nur narzistisch beziehungsgestört. Seine längste Beziehung hatte lächerliche drei Monate gedauert und war mittlerweile strafrechtlich verjährt. Diese Kommissarin machte ihn nervös.

“Ihr Intendant weilt in Berlin.”

“Das fiel mir erst wieder ein, als ich schon oben im Büro war.” Schudrow wusste, dass er sich mit seinem Pokerface verdächtig machte, aber er brachte es nicht fertig, auch nur einen Muskel zu bewegen.

“Haben Sie im KBB jemanden gesehen?”

“Nein.”

“Lagen Pfeil und Bogen noch auf dem Kickertisch?”

“Keine Ahnung, hab’ nicht drauf geachtet.”

“Hm”, sagte Gesine Bauer. Ihr kam das alles noch fadenscheiniger vor als der Teppich von Bayeux.

Lasker Schudrow schürzte die schmalen Lippen. “Wieso, bitteschön, sollte ich meinem Hauptdarsteller etwas zuleide tun wollen? Befragen Sie mal lieber Gernot Haussmann. Den hat Ron schließlich zum Hahnrei gemacht.”

“Zum was gemacht?”

“Zum betrogenen Ehemann!”

“Sie haben sich auf dem Besprechungstisch des KBB ausgeruht?” Gesine fand das wenig glaubhaft.

Haussmann nickte. “Eine harte Unterlage ist für den Rücken am besten. Ich hatte schon zwei Bandscheibenvorfälle. Der Besprechungsraum war leer und die Strenge des Raumes hat mich zu meiner inneren Ruhe zurückfinden lassen. Wissen Sie, ich bin noch vom alten Schrot und Korn. Ich versuche, auch bei den Proben auf volle emotionale Vehemenz zu gehen. Aber natürlich ist es jedes Mal aufs Neue anstrengend, seine Seele auszukotzen.”

“Und diese innere Ruhe hätten Sie in Ihrem Hotelzimmer nicht gefunden?”

“Schon, aber ich wäre ja gleich wieder dran gewesen. In der Szene, in der ich Moses in die Verbannung schicke. Der Weg zum Hotel hätte sich nicht gelohnt.”

Haussmann gab sich aggressiv und selbstbewusst, aber es war das Brüllen eines alten Löwen, der zum Ausdruck bringen wollte, dass er zwar jederzeit eine Antilope zur Strecke bringen könnte, wenn er denn wollte, dass er aber ein Nickerchen bevorzugte.

"Sie haben vor, während oder nach Ihrer Meditationspause nicht zufällig Pfeil und Bogen zur Hand genommen und versucht, den Liebhaber Ihrer Frau zu erschießen?" Gesine lächelte lieblich. Sie redete nicht gern um den heißen Brei herum.

"Ich pflege meine Differenzen nicht mit roher Gewalt aus der Welt zu schaffen." Jetzt lächelte auch Haussmann. "Und ich muss Sie enttäuschen: Meine Frau und ich pflegen eine offene Ehe. Sie darf sich gern aushäusig vergnügen, wenn ihr der Sinn danach steht. Ich bin Alt-Achtundsechziger."

Gesine nickte wissend. Das waren ihre Eltern auch, aber in ihrer langen Berufserfahrung war sie nie auf zwei so eifersüchtige Menschen gestoßen wie ihren Vater und ihre Mutter. "Man hätte einen anderen Eindruck gewinnen können, als Sie vor Kurzem Ron Raimundo auf offener Treppe das Kostüm zerrissen haben."

Haussmann wischte diese Bemerkung mit einer Handbewegung zur Seite. "Eine belanglose Szene, die ich meiner Frau zuliebe gespielt habe. Es törnt sie an, wenn man sich mannhaft um sie streitet. Manchmal muss ich mich auch als Musketier verkleiden, wenn wir ..."

Gesine winkte ab. Das waren mehr Details, als sie wissen wollte.

"Dennoch ...", fing sie an.

"Ach, hören Sie mir doch mit Ihrem Dennoch auf. Verhören Sie lieber Franz Finck. Der war ganz scharf auf unsere Tänzerin Lissy, aber die ist doch lieber mit Raimundo in die Kiste gesprungen. Geknickter Mannesstolz – ein gutes Motiv."

"Blödsinn! Ich habe nicht versucht, Ron zu erschießen. Und wenn doch, hätte ich zielgenauer getroffen. Ich halte nämlich meinen Körper fit, unter anderem mit Bogenschießen."

Franz Finck ließ seine nackten Oberkörpermuskeln spielen, da er wie üblich nur sein Lendenschurzkostüm mit der Trompete trug.

Gesine zeigte sich unbeeindruckt. "Ich bin sicher, jeden Augenblick meldet sich das Deutsche Olympische Komitee bei Ihnen."

Der Spott entging dem jungen Schauspieler. "Ich könnte denen gar nicht zur Verfügung stehen. Ich habe nämlich schon ein Folge-Engagement in Aussicht." Es klang, als sei das in Schauspielerkreisen eine Art Ritterschlag.

"Vielleicht stand ja der Wind ungünstig. Oder Sie wollten ihm nur eine Lektion erteilen. Fakt ist, Sie waren im KBB."

"Weil ich kurz auf den Probenplan für morgen sehen wollte. Dieser Schudrow ändert ja alle naselang die Probenzeiten."

"Und dass Raimundo Ihre Herzdame beglückte, kratzte Sie in keinster Weise?"

"Der Typ ist doch keine ernsthafte Konkurrenz für mich, der steht doch schon mit einem Bein im Grab. Ich wette, ohne Viagra läuft da gar nichts mehr. Im Gegenteil, ich bin ihm fast dankbar: Nach ihm wird Lissy meine jugendliche Virilität viel mehr zu schätzen wissen."

Gesine konsultierte ihre Aufzeichnungen. Ron Raimundo war 39, Franz Finck 25. Sie enthielt sich jedweden Kommentars und meinte nur: "Sie haben niemanden gesehen? Nichts Auffälliges bemerkt?"

Franz Finck nahm seine geübte Denkerpose ein, der von Rodin nicht unähnlich. "Mal sehen, die Praktikantin stand am Kopiergerät. Süßes Ding. Aber sonst ... nein, nicht dass ich wüsste. Oder doch, die Tür zur Toilette wurde zugeschlagen, als ich das KBB betrat. Ich habe aber noch erkennen können, wer es war."

Gesine nickte ihm auffordernd zu.

"Liese. Liese von Bühlow. Ich habe mich noch gewundert, dass man sie schon wieder aus dem Krankenhaus entlassen hat."

Liese von Bühlow lachte. Es klang unfroh. "Ich habe nur ... äh ... meine Krankmeldung im KBB vorbeigebracht. Ich bin noch eine Woche krankgeschrieben. Dass man mir diesen Mordversuch in die Schuhe schieben will, ist mal wieder typisch. Ich bin hier nur der Dings ... äh ... der Arsch."

Deutliche Worte für ein so zartes, wohlerzogenes Persönchen. Gesine schob es auf die Schmerzmedikamente.

"Sie leugnen aber nicht, mit Ron Raimundo eine Affäre gehabt zu haben?"

"Ist das Ungläubigkeit in Ihrer Stimme? Wundern Sie sich, dass ein Mann, der jede haben kann, mich wählt?"

"Ich wundere mich über gar nichts mehr."

"Es war keine Affäre, sondern nur ein ... dings ... ein bierseliger Ausrutscher. Am Abreisetag der Vorprobe. Oder besser in der Abreisenacht. Danach war nie wieder was zwischen uns. Zumal ich eine Kurzzeitaffäre mit unserem Bühnenbildner Mario hatte." Liese zuckte mit den Schultern. Stille Wasser waren offenbar doch tiefer, als man gemeinhin dachte. "Und all das kratzt mich mittlerweile null, weil ich ja jetzt ... äh ... mit Jean zusammen bin."

Gesine hatte so ihre eigenen Erfahrungen mit Franzosen gemacht, insbesondere mit ihrem Ex-Mann Benoît, und fand das verliebte Grinsen von Liese voreilig. "Sie haben also nicht zu Pfeil und Bogen gegriffen."

Liese legte den Kopf schräg. "Nein, habe ich nicht. Und bevor Sie Mario oder Jean verdächtigen, einen Ex von mir abgeschossen zu haben, muss ich

Ihnen mitteilen, dass ich mich im KBB nicht allein aufhielt. Wissen Sie, ich dachte, Mirabelle säße schon längst im Maybach ihrer Eltern im Stau auf der A 8 fest, aber ich habe sie in der Küche des KBB gesehen, als ich meine Krankmeldung auf den Schreibtisch der Praktikantin legte. Ich wusste immer, dass Ron nur aus reiner Bierseligkeit mit mir geschlafen hat, aber die Gessner hat sich echt Hoffnungen auf was Bedeutenderes gemacht."

"Ach bitte, der Mann serviert Sie für eine Frau ab, die halb so alt ist wie Sie, und Ihnen macht das nichts aus? Dann müssen Sie tot sein." Gesine hielt nicht viel von einfühlsamer Befragung. Sie war immer der böse Cop.

In Mirabelle Gessners Gesicht zuckte es wie wild. Obwohl ihre letzte Botox-Behandlung erst sechs Wochen zurücklag. Dann hatte sie sich aber auch schon wieder im Griff. "Ich habe in meinem Leben schon viele Männer vernascht. Wenn ich jedes Mal ausflippen würde, sobald einer von denen eine andere Frau auch nur ansieht, käme ich zu nichts anderem mehr."

Mirabelle leckte sich über die aufgespritzten Lippen. Der Maybach war in Reparatur, nur deswegen harrte sie immer noch in Hall aus. Sie öffnete ihr Prada-Handtäschchen, um sich die trockenen Lippen mit einer Fettcreme aus Ziegenembryonen geschmeidig zu reiben, da fiel eine farblich zur Handtasche passende Smith & Wesson, Kaliber 38, heraus.

Gesine stand abrupt auf. "Sie führen eine Waffe mit sich?"

Mirabelle Gessner fettete sich in aller Gemütsruhe die Lippen ein. "Ich bin eine reiche Erbin. Es gab mehrere Entführungsdrohungen. Ich bin als gefährdete Person auf richterlichen Beschluss dazu berechtigt." Sie reichte Gesine entsprechende Papiere. "Sehen Sie, es hat alles seine Richtigkeit."

Gesine blieb misstrauisch, setzte sich aber wieder. "Und was wollten Sie im KBB?"

Mirabelle lächelte steif. "Nach dieser unsäglichen Pferdeattacke leide ich unter posttraumatischen Stressreaktionen. Ich wollte die künstlerische Leitung davon in Kenntnis setzen, dass ich nicht länger zur Verfügung stehe." Kommissarin Bauer wirkte überzeugt. Ja, das war eben ihre wahre Berufung, befand Mirabelle: das One-on-one-Lügen.

Gesine nickte. Die Ratten verließen das sinkende Schiff. "Haben Sie im Büro noch jemanden gesehen?"

"Sie meinen, außer der Praktikantin? Jemand, der für den Mordversuch in Frage kommt?"

Gesine nickte.

"Fragen Sie doch mal Erhard Frühwirt. Der huschte auch durch die Räumlichkeiten des KBB. Frühwirt war ganz lange im Gespräch für die Hauptrolle, aber dann kam Ron Raimundo und hatte irgendwas gegen Schudrow in der Hand. Prompt wurde er als Moses besetzt. Gekränkte Eitelkeit hat bisweilen die kuriosesten Auswirkungen."

"Sie finden Mord kurios?"

"Schon. Wenn der Versuch dazu Ron Raimundo gilt ..."

Erhard Frühwirt wischte sich einen Fussel vom Revers. "Ich habe nicht versucht, Raimundo umzubringen. Sollte ich meine Karriere für so einen Rammelbock aufs Spiel setzen? Wegen Typen wie ihm stehen wir Tenöre in einem so schlechten Ruf."

"Was für eine Karriere?"

Frühwirt zeigte sich angesichts der Impertinenz dieser Frage kurzzeitig sprachlos. "Wissen Sie denn nicht, dass ich demnächst mit einem eigenen Soloprogramm toure? Mit dem Neffen meiner ersten Frau. Er ist zwar Mexikaner, aber auch hierzulande schon recht bekannt und heißt ..."

"Herr Frühwirt! Ron Raimundo hat Ihnen mit dubiosen Mitteln die Hauptrolle vor der Nase weggeschnappt." Der intensive Blick aus Gesines scheinbar nie blinzelnden Augen vermittelte Erhard Frühwirt das unschöne Gefühl, dass die Hauptkommissarin seine Gedanken mühelos lesen konnte. Daraufhin reagierte er pampig.

"Danke, Sie müssen mich nicht daran erinnern, es ist mir jeden Tag aufs Neue bewusst, dass ich hier schonungslos ausgebootet worden bin. Raimundo singt die ganzen Hits und ich habe gerade mal *Sei mir gegrüßt, mein Bruder, lass mich dein Hüter sein,* das niemals ein Gassenhauer wird. Weil man es nämlich nicht unter der Dusche pfeifen kann. Das ist das Gütesiegel für einen Hit: Man muss ihn unter der Dusche pfeifen können." Frühwirt blies die Backen auf.

Gesine hatte schon Angst, er würde versuchen, ihr seine Arie vorzupfeifen.

Aber er stieß die Luft lautlos aus und meinte: "Übrigens war die Methode, wie Raimundo mich um meine Rolle brachte, keineswegs dubios. Es handelte sich schlicht und ergreifend um Erpressung."

Der Kreis schloss sich. Lasker Schudrow saß wieder vor Hauptkommissarin Bauer, nur hatte er seine langen, ergrauenden Haare dieses Mal ordentlich nach hinten gebunden. Außerdem trug er einen beigen Cordsamtanzug, der noch frisch nach Reinigung roch. Mit seinen langen Pianistenfingern spielte er mit einer Kerze, die in einer Glashalterung auf dem Tisch stand. Der einzige Deko-Gegenstand in dem minimalistischen Besprechungszimmer.

Schudrow hatte hektische rote Flecke im Gesicht und wirkte ein wenig wie ein Grundschüler, den man beim Abschreiben erwischt hat.

"Möglicherweise wusste Ron tatsächlich etwas über mich", räumte er ein und verstummte. Die Zeit zog sich.

Gesine spekulierte ins Blaue hinein. "Dass Sie Alkoholiker sind?"

"Wir trinken doch alle zu viel."

"Haben Sie gekokst? Geld unterschlagen? Requisiten geklaut? Spucken Sie es lieber gleich aus – wenn ich Sie durch den Polizeicomputer laufen lasse, finde ich es ohnehin heraus."

"Ich habe keine Vorstrafen."

Gesine schürzte die Lippen. "Das heißt womöglich nur, dass man Ihnen nie etwas nachweisen konnte."

Schudrow schüttelte stumm den Kopf. Er nahm die Kerze mitsamt Glashalterung vom Tisch und drückte sie wie einen Teddy an seine Cordsamtbrust.

Allmählich verlor Gesine die Geduld. "Schlafen Sie mit Ihrer Hauptdarstellerin? Oder mit Ihrem Hauptdarsteller? Oder mit beiden? Zeitgleich? Was denn nun?"

Lasker biss sich auf die Unterlippe. Wieso ließ ihn diese Frau zum stammelnden Kleinkind mutieren? Er war einer der ganz Großen des Theaters, ein Genie, jemand, der Geschichte schreiben würde! Sein Adamsapfel zuckte.

Was Gesine irgendwie süß fand. Aber sie blieb ganz Profi. "Waren Sie vor Ihrer OP eine Frau? Stammen Sie in Wirklichkeit vom Planeten Krypton? Wird's bald? Ich sollte meiner vorgesetzten Dienststelle noch vor Weihnachten einen Bericht abliefern."

"Ron hat zufällig mitbekommen, dass ich meine großen Theatererfolge nicht selbst inszeniere." Schudrow brachte diese Beichte nur flüsternd heraus. "Also, ich inszeniere schon selbst, aber nicht allein. Ich habe gewissermaßen Hilfe."

Für Gesine, die lange Jahre in Stuttgarts miesesten Ecken Streife gelaufen war, stand Fremdhilfe bei einer Theaterinszenierung nicht ganz oben auf der Liste der strafrechtlich belangbaren Todsünden – hinter Mehrfachmorden und Vergewaltigung klaffte schon noch eine gewisse Lücke, bevor der Tatbestand des fälschlich erworbenen Bühnenlorbeers kam.

Schudrow sackte immer mehr in sich zusammen. "Die Inszenierungsideen stammen natürlich alle von mir und ich erteile auch immer die Regieanweisungen. Aber ..."

Weinte der Mann jetzt?

"... aber jemand ... also genauer gesagt, meine Mutter ... muss mir die Texte vorlesen, damit ich sie auswendig lernen kann. Ich bin nämlich ..." Er wurde bleich wie ein Totenhemd. "... ich bin nämlich Analphabet."

Und dann sackte Schudrow ohnmächtig vom Stuhl.

Die Glashalterung der Kerze zerbarst auf dem Parkettboden in eine Million Scherben.

Als Bauer zwo mit dem vorläufigen Bericht der Spurensicherung zurück ins KBB kam, fand er seine Chefin über dem am Boden liegenden Zeugen kniend vor, wie sie ihm eine Ohrfeige gab.

Rohe Gewalt bei der Befragung, wie in alten französischen Flic-Filmen in Schwarz-Weiß. Und keine Blutergüsse an den sichtbaren Stellen des Verdächtigen. Bauer zwo nickte anerkennend.

"Bauer, holen Sie ein Glas Wasser", befahl Gesine.

Er zog ab. Klar, sie wollte die Spuren verwischen. Klasse Frau!

Schudrow schlug die Augen auf. Und hickste.

"Was ich im Rahmen einer Zeugenbefragung erfahre, unterliegt selbstverständlich der Geheimhaltung", erklärte Gesine Bauer.

Ein Lächeln zog sich über Schudrows Lippen. "Danke", hauchte er. Und hickste neuerlich.

Das war der Moment, in dem die Tür zum Besprechungsraum aufgerissen wurde und die Schauspielertruppe vollzählig hereinstürmte.

"Man hat Pawlow entführt!" Lissy von Wellenfels presste die Hand ihres guten, nicht bandagierten Arms an die Wange und riss den Mund wie zum Schrei auf. Ein halber Edvard Munch, sozusagen.

Hinter ihr machte Gesine ernsthaft besorgte Gesichter aus.

"Pawlow?" Gesine Bauer stand auf. "Wer ist Pawlow?"

"Der Hund!"

9. Akt
Das Glück trägt ein Kleid von H&M

“Es gibt einen Zeugen!”

Liese von Bühlow schob einen japanischen Touristen nach vorn. Der Mann lächelte freundlich und verbeugte sich. Jetzt war auch klar, warum die Schauspielertruppe einer Hundertschaft glich: Hinter den Akteuren und Aktricen stand eine ganze Busladung Japaner, die einen der ihren natürlich nicht allein ließ.

“Naoki Fujiwara. Is name. My name”, meinte der Zeuge freundlich.

Gesine erwiderte seine Verbeugung.

Dann zog sie Liese von Bühlow am Blusenärmel zur Seite. “Was soll das?”

“Man hat den ... äh ... dings ... den Bernhardiner entführt.”

“Schlimm. Aber warum der Aufstand?”

“Er war unser Maskottchen! DIE ZEHN GEBOTE werden der Reinfall des Jahrhunderts, wenn der Hund nicht schnell wieder auftaucht.”

Der immer noch in Embryonalstellung am Boden liegende Schudrow stöhnte hicksend auf.

“Have seen everything. Everything”, warf der Japaner hilfreich ein. Schluckauf-Schudrow hatte sich mittlerweile auf den Bauch gerollt und zupfte sich vorsichtig diverse Glasscherben von den Ärmeln. Jedes Mal, wenn er hickste, katapultierte sein in Cordsamt verpackter Hintern in die Höhe. Die Busladung Japaner wusste, dass dieser Szene bloßes Fotografieren nicht gerecht wurde, folglich filmte sie das Ganze mit ihren Handykameras.

“Ich ermittle hier in einem Mordversuch”, böllerte Gesine. “Den Hund können die Kollegen von der Streife suchen. Wahrscheinlich streunt er nur irgendwo herum.”

“No, no”, rief der japanische Zeuge. “Dog was taken by force.”

Ein kleiner kaukasischer Endfünfziger mit Bifokalbrille flüsterte dem Japaner regelmäßig ins Ohr. Offenbar der Übersetzer.

“Der Hund wurde entführt”, bestätigte der Bifokalmensch, als Gesine ihn fragend ansah.

“Aha. Kann der Zeuge genaue Angaben zum Täter machen?” Gesine sah, wie Übersetzer und Japaner sich etwas zuflüsterten, dann zog der Japaner ein

Blatt Papier heraus und kalligrafierte mit raschen Strichen eine Gestalt darauf.

"Dog was taken by Mummy", sagte er.

"Wie bitte?" Gesine glaubte, sich verhört zu haben.

Der Japaner reichte Gesine seine Zeichnung, auf der sich – erstaunlich lebensecht, trotz der wenigen Striche – eine in weiße Stoffbahnen gehüllte Gestalt über einen Bernhardiner beugte. Fujiwara konnte begnadet pinseln, das musste man ihm lassen. Was kein Wunder war, er war von Beruf Manga-Zeichner, aber das konnte Gesine ja nicht wissen.

"Mummy. Bad mummy!", riefen sämtliche Japaner unisono.

"Mumie", erläuterte der Übersetzer hilfreich und ohne mit der Wimper zu zucken. "Eine fiese Mumie hat den Hund entführt."

"Wir haben eine Beschreibung", meldete der Streifenbeamte, der alle Bewohner des Clausnizer-Hauses befragt hatte.

Gesine hatte Bauer zwo mit den Schauspielern nach draußen geschickt. Gut abgerichtet, wie er war – wenn man sie jung genug in die Fänge bekam, klappte das Abrichten noch ganz gut –, stand er mittlerweile unten vor dem Gebäude und gab ihnen sein Ehrenwort, dass die Polizei mit aller gebotenen Dringlichkeit nach dem Hund suchen würde.

Oben im KBB ließ sich Gesine die Aussage der Büromitarbeiterin einer Anwaltskanzlei im Hause vorlesen. Sie hatte durch den geöffneten Türspalt etwas Verdächtiges gesehen.

"Normal groß. Hatte etwas Verstohlenes an sich. Gebeugter Gang. Irrer Blick. Dunkel gekleidet. Wie ein russischer Anarchist aus dem neunzehnten Jahrhundert, der einen Zarenmord plant."

"Das könnte auch Bauer zwo sein", schimpfte Gesine, die Wischiwaschi-Zeugenaussagen nicht leiden konnte. "Mann oder Frau?"

"Da war sie sich nicht sicher", meinte der Beamte. "Die Gestalt sei so schnell vorbeigehuscht."

"Na toll." Gesine schüttelte den Kopf. "Ein halbtoter Tenor und alle könnten es gewesen sein. Warum bin ich nur zur Kripo gegangen? Ich könnte jetzt so gemütlich bei Aldi an der Kasse sitzen."

Der Streifenbeamte, dessen Frau tatsächlich bei Aldi an der Kasse saß, verkniff sich die Bemerkung, dass es alles andere als gemütlich war, Kassiererin zu sein.

Clara Pauly war nicht verhört worden.

Warum auch? Sie konnte es ja unmöglich gewesen sein. Sie stand ja vor dem Opfer, als dieses von hinten mit einem Pfeil erlegt worden war.

So hatte sie genügend Zeit, in sich zu gehen und sich zu fragen: Wer außer mir will Ron Raimundo noch umbringen? Im Grunde dieselbe Frage, wie sie Hauptkommissarin Gesine Bauer stellte, nur nicht professionell distanziert, sondern gewissermaßen zutiefst beleidigt. Wer wagte es, 'ihren' Ron umbringen zu wollen? Das durfte nur eine: sie selbst!

Ron Raimundo stammte aus sehr gutem Hause. Wie es sich gehörte, wurde er von wechselnden Kindermädchen großgezogen, während sein Vater 16 Stunden täglich rund um den Globus für seinen Arbeitgeber ackerte und seine Mutter als Charity-Lady die Armen speiste. Natürlich nicht mit eigenen Händen, die Armen hätten sie ja mit Filzläusen anstecken können. Die eigentliche Speisung durften, wenn es nach ihr ging, gern filzlausangstfreie Sozialarbeiter übernehmen, sie speiste mit der High Society, führte Wohltätigkeitstombolas durch und organisierte Charity-Polospiele.

Als Ron schon früh aufs Internat kam – es war nicht das Exklusivste, dafür aber das Musischste – vermisste er folglich niemanden im Besonderen, Hauptsache, es war immer irgendjemand in der Nähe, das reichte ihm in Sachen menschliche Kontakte. Zwei Jahre vor seiner Abschlussprüfung starb sein Vater den obligatorischen Herztod in den Armen seiner Sekretärin (beide befanden sich zu diesem Zeitpunkt im Master-Bedroom des Peninsula-Hotels in Hongkong – unbekleidet), und seiner Mutter gelang das schier Unmögliche, nämlich das Vermögen ihres verblichenen Gatten binnen 24 Monaten restlos bis auf den letzten Cent auf den Kopf zu hauen.

Ron, der ja auch die Gene seiner Mutter besaß, verzockte den ererbten Pflichtteil noch auf seiner Abschlussfeier und trat somit als mittelloser Musiker mit 19 Jahren hinaus in die Welt. Die Glücksspiele bekam er weitgehend in den Griff, für ihn wurde die Arbeit zur Sucht. Arbeit und Frauen. Und gelegentlich ein gutes Bier. Oder zwei. Oder drei. Wer zählte schon?

"Ist Ihr Zimmer durchwühlt worden?" Hauptkommissarin Gesine Bauer blieb angesichts des Chaos entsetzt im Türrahmen stehen.

Schubladen ragten wie ausgestreckte Zungen aus der Kommode, der Teppichboden war angesichts verstreuter Kleidungsstücke und sonstiger Gegenstände nicht mehr auszumachen. Das Glas des gerahmten Fotos auf dem Nachttisch, das Ron Arm in Arm mit Johannes Heesters, beide im Frack, zeigte, war zerbrochen. Auf dem Foto wirkte Ron betrunken und Heesters wie ausgestopft.

"Durchwühlt? Nein, wieso?", ächzte Ron Raimundo, schaufelte einen Sessel frei, legte das Rettungsringgummikissen auf die Sitzfläche und platzierte seinen malträtierten Hintern punktgenau in die leere Mittelfläche.

"Nur eine Fleischwunde", hatte der Arzt im Diakonie-Krankenhaus diagnostiziert. "Schmerzhaft, aber ungefährlich."

Ron griff nach der Wasserflasche auf dem Beistelltisch und stöhnte bei dieser Gelegenheit erneut auf. Zwar stand er noch unter Schmerzmitteln und spürte im Grunde gar nichts bis auf ein dumpfes Pochen, aber das Stöhnen erleichterte die Qual, vor den Augen der Kollegen derart demütigend abgeschossen worden zu sein.

Gesine und Bauer zwo, die Ron Raimundo ins Hotel gefahren hatten, um ihn zu befragen, solange die Schmerzmittel ihn noch nicht völlig benebelten, fanden keine freie Sitzfläche mehr und blieben folglich stehen.

"Haben Sie Feinde, Herr Raimundo?", erkundigte sich Gesine noch einmal.

Bauer zwo zog seinen Notizblock aus der Gesäßtasche seiner lila Lederhose, um gegebenenfalls Namen und Adressen zu notieren.

"Feinde? Böse Menschen, die mich um zwölf Uhr mittags zum Duell herausfordern wollen? Ich lebe keinen Western, Frau Bauer, ich spiele nur manchmal in einem mit." Raimundo leerte die Flasche auf ex. Normalerweise konnte er gar nicht anders, als zu Frauen charmant und zuvorkommend zu sein, sie im Gespräch womöglich sogar sanft zu berühren. Aber an diesem Tag war ihm nicht danach. Das musste an den Schmerzmitteln liegen. Oder diese Frau Bauer war gar keine echte Frau.

Gesine ging um einen olfaktorisch bedenklichen Sockenhaufen herum und stellte sich ans Fenster. "Kino überzeichnet und wir glauben dann gern, das habe mit unserem Alltag alles nichts zu tun. Aber es gibt viele Gründe, warum reale Menschen reale Morde begehen. Haben Sie niederträchtig einen Kollegen ausgebootet, um die Rolle des Moses zu bekommen? Haben Sie kaltherzig eine Kollegin abserviert, um sich mit einer Tänzerin zu amüsieren? Haben Sie in intriganter Absicht Ihren Regisseur erpresst?"

Bauer zwo blickte hoffnungsvoll auf, den Bleistift im Anschlag. Würde jetzt ein Name fallen?

Raimundo sah zur Decke auf und lächelte. "Ich sehe, Sie haben schon mit allen geredet. Na fein, die Antworten auf Ihre Fragen lauten: ja, ja und nochmals ja. Aber keiner von denen würde mich umbringen wollen. Das ist doch lächerlich." Er langte sich an den Bauch. Irgendwie ging's ihm wirklich nicht gut. Bestimmt der Stress. Oder ein Magengeschwür. Nein, es saß tiefer. Darmkrebs!

Er versuchte sich wieder zu konzentrieren. "Glauben Sie mir, wir vom Theater leben unsere Emotionen offen aus. Da dümpelt nichts unter der Oberfläche und gärt so lange, bis man überkocht und zu einer Verzweiflungstat Zuflucht nimmt."

Gesine nickte. Das oder etwas Ähnliches bekam sie oft zu hören. Die Angehörigen der Opfer – die Opfer konnten nur ganz selten sprechen, wenn Gesine Bauer am Tatort eintraf – hielten es so gut wie nie für möglich, dass jemand, den sie kannten, zu einer solchen Tat fähig sein sollte.

"Haben Sie dann vielleicht einen Schwäbisch Haller Bürger gegen sich aufgebracht?"

Im Bauch von Ron Raimundo gurgelte es hörbar. Mehrfach. "'Tschuldigung", sagte der Tenor. "Und nein, ich bringe grundsätzlich niemanden gegen mich auf. Ich habe ein freundliches Wesen und verbindliche Umgangsformen." Er verstummte abrupt. "Ich schulde dem Sackpfeifer noch 200 Euro vom Pokern. Na ja, dann ist da noch die ..."

Die Clara, hatte er sagen wollen, aber da prallte ein unerträglicher Piepston gegen sein Trommelfell.

"Mein Handy", rief Bauer zwo und zog etwas so Winziges aus seiner Hosentasche, dass man sich fragte, ob es vielleicht in einem Überraschungsei versteckt gewesen war.

"Aha", sagte Bauer zwo in die Miniatursprechmuschel. Und nochmals: "Aha." Dann drehte er sich zu Gesine und meinte wichtigtuerisch in nasalem Bühnenflüstern: "Code Sieben-zwo-drei."

Gesine wappnete sich. "Wie bitte?" Die Vorliebe ihres Assistenten für amerikanischen Polizeiserienslang war nur einer von vielen Punkten, die sie irgendwann in den Wahnsinn treiben würden. Oder zu einer Verzweiflungstat, wie zum Beispiel die, ihre Dienstwaffe zu ziehen und ein für alle Mal für Ruhe zu sorgen.

Bauer zwo kehrte Ron Raimundo den Rücken zu und flüsterte noch lauter. "Es gibt Neues von der Geisel."

"Was für eine Geisel?"

Bauer zwo guckte konsterniert. "Na, der Hund!"

Gesine seufzte und fragte sich, um was für eine Neuigkeit es sich handeln mochte. Hatte der Entführer ein Foto des Bernhardiners geschickt, wie er an die Gleise der Strecke Schwäbisch Hall–Öhringen gefesselt war? Oder hielt er den Lauf einer Pistole an den Kopf des Hundes und drohte, eiskalt zu schießen, wenn seine Bedingungen nicht erfüllt wurden? Hatte er überhaupt Bedingungen gestellt?

Bauer zwo beugte sich noch näher an Gesines Ohr und hauchte mit heißem Atem: "Code Sieben-zwo-drei: Befreiung einer Geisel durch das Sondereinsatzkommando."

Gesine und Bauer zwo spielten daraufhin 'Wer muss zuerst weggucken?'

Gesine gewann. Wie immer. "Kümmern Sie sich darum. Ich beende die Befragung von Herrn Raimundo."

Bauer zwo zog ab. Und wunderte sich. Wie konnte sie sich das entgehen lassen? Endlich mal wieder mit gezückter Waffe im Anschlag. Holz würde splittern, vielleicht sogar Blut fließen. Für solche Momente lebte er!

Als Bauer zwo die Tür hinter sich geschlossen hatte, wandte sich Gesine Raimundo zu. "Geht es Ihnen nicht gut?"

Der Tenor hatte bis gerade eben noch an Clara gedacht. Eigentlich eine Nette, aber etwas zu torschlusspanisch für seinen Geschmack. Ron kannte seinen Nietzsche auswendig und wusste, dass es 'besser ist, in die Hände eines Mörders zu geraten als in die Träume eines brünstigen Weibes'. Doch diese Gedanken wurden durch die Krämpfe in seinem Darm rigoros beiseite geschoben. Er krümmte sich auf dem Gummikissen und gurgelte etwas Unverständliches.

Gesine betrachtete die Wasserflasche. "War die Tür eigentlich geschlossen, als wir kamen?"

Raimundo schüttelte den Kopf. "Ich lasse ... die Tür immer ... auf. Weil ich ... meistens ... den Zimmerschlüssel vergesse. ... Bei mir gibt ... es nichts zu klauen." Jetzt hielt er sich den Bauch. Nur in den kurzen Momenten, in denen der Krampfanfall nachließ, konnte er ein paar Worte ausstoßen. "Entschuldigen ... Sie mich ..." Er stürzte ins Badezimmer und entleerte sich in beide Richtungen, was Gesine hautnah als Augen- und Ohrenzeugin mitbekam, weil die Zeit nicht mehr gereicht hatte, um die Tür zu schließen.

Gesine trat in den Flur hinaus, holte ihr Handy hervor und drückte die Kurzwahl für die Notrufzentrale. "Schicken Sie einen Notarzt ins Hotel Adelshof. Verdacht auf Vergiftung."

Dann verständigte sie die Rezeption.

Pawlow amüsierte sich großartig.

Sein Motto lautete: Genieße das Hier und Jetzt! Jeder Tag war ein Abenteuer, jede Sekunde wollte voll ausgekostet werden.

Fressen war toll. An jedem Baum das Bein heben war noch toller. Und überall gab es Menschen, die einen streichelten, Stöckchen warfen und "Oh, was für ein knuffiger Hund" gurrten. Was konnte man mehr verlangen? Als reinrassiger Bernhardiner pflegte er die Einstellung, dass das Leben zu kurz war, um sich etwas anderem hinzugeben als Spaß, Schelmereien und spontaner Fleischlichkeit.

Aufgrund seiner begrenzten kognitiven Fähigkeiten kam ihm nie in den Sinn, dass man sich als Geisel einer Mumie womöglich doch Sorgen machen sollte.

Die Strumpfmaskenträger bewegten sich lautlos über den Teppich im Flur, die Waffen im Anschlag.

Hinter ihnen, weniger lautlos, ein kleiner Wichtigtuer, der vor der betreffenden Zimmertür mit seiner Magnum fuchtelte und "Zugriff" röhren wollte, aber noch bevor ein Ton aus seinem weit geöffneten Mundraum kam, hatte ihm einer der SEK-Männer bereits den Kiefer zugedrückt und ihn zu Boden geworfen. Mit dem Finger vor den Lippen und eiserner Autorität in den Augen forderte er Bauer zwo auf, keinen Laut von sich zu geben.

Die Reisegruppe, die sich im Ratskeller vom Küchenmeister und seinem Team verwöhnen ließ, bekam überhaupt nichts mit. Die wenigen Hotelgäste, die sich in der angrenzenden Lobby und im Flurbereich aufhielten, waren von Bauer zwo mit dem zischelnden Zuruf "Filmaufnahmen! Mit versteckter Kamera! Freitagabendkrimi fürs ZDF!" beruhigt worden.

Somit brach keine Panik aus, als das herbeigerufene Sondereinsatzkommando sich daran machte, die Geisel Pawlow zu befreien.

Einem Zimmermädchen waren die Spuren aufgefallen. Sabberkleckse in regelmäßigen Abständen an den Wänden des Flures, nichtmenschliche Haare auf dem Teppich. Die Spur zog sich bis vor eines der Hotelzimmer. An dessen Tür hing seit nunmehr zwei Tagen das Schild Bitte nicht stören. Und hinter der Tür hörte sie heftiges Atmen. Sie verständigte die Hotelleitung und die wiederum schloss sich mit der Polizei kurz, als sich die Tür auch mit dem Generalschlüssel nicht öffnen ließ.

Nun standen die knallharten Männer fürs Grobe kurz vor dem Zugriff. Nur mit Blicken und Handzeichen verständigten sie sich. Bauer zwo sah fasziniert zu. Dann gab der Einsatzleiter den Befehl.

Alles ging ruckizucki.

Das Auframmen der Tür mit schwerem Gerät, die Blendgranate, dumpfe Schritte, Männerstimmen, die "Keine Bewegung!" riefen.

Und mitten im Zimmer, im gleißend hellen Licht, Pawlow, der Bernhardiner, der ein Blümchenkleid von H&M trug. Er wedelte glücklich mit dem Schwanz.

Für ihn war das alles ein Mordsspaß. Erst hatte er dieses wunderbare Zimmer in seine Einzelteile zerlegt – die Tapete von der Wand gekratzt, mit heftigen Kopfbewegungen eine Milliarde Daunen aus der Daunendecke auf dem

Bett befreit, den Duschvorhang aus der Verankerung gerissen. Dann hatte er das Kleid entdeckt, das so wunderbar nach seinem Frauchen roch, und ehe er sich's versah, steckte er drin. Und nun kamen auch noch ganz viele Zweibeiner, die mit ihm spielen wollten. Das Leben war schön! Würde es auch Frolic geben? Pawlow stieß prophylaktisch schon mal sein "Ich-will-Happi"-Bellen aus.

"Zugriff erfolgreich!", jubilierte Bauer zwo.

Die SEK-Männer ließen ihre Waffen sinken und sahen Bauer zwo an. Bauer zwo hatte wohl zu erwähnen vergessen, dass es sich bei der Geisel um einen Hund handelte. Er zuckte mit den Schultern.

"Unglaublich lebensecht", rief da ein Hotelgast, der im Flur stand und über den Rücken der Polizisten spechtete. "Und da heißt es immer, nur die Privatsender verstünden etwas von knallharter Action."

In diesem Moment ging ein Schuss los.

Die SEK-Männer warfen sich zu Boden und rollten sich und den Hotelgast in Sicherheit.

Bauer zwo schrie. Er hatte seine Magnum vor dem Einsatz entsichert, das aber in der Aufregung ganz vergessen. Irgendwie hatte sich nun ein Schuss gelöst. Und den kleinen Zeh an seinem rechten Fuß getroffen. Bauer zwo wusste es noch nicht, aber er würde von nun an als Neunzeher durchs Leben gehen müssen. Der Schmerz bahnte sich seinen Weg durch den gedrungenen, kleinen Männerkörper und ergoss sich mittels der Stimmbänder hinaus in die Welt.

Pawlow bellte lauthals mit. Er liebte Chorgesänge jedweder Art.

Na also, gesplittertes Holz, Männerschweiß und Blut. Genau das hatte Bauer zwo ja gewollt. Aber richtig glücklich war er in diesem Moment nicht.

Er ging in die Knie.

Pawlow lief zu ihm und schleckte ihm in echter Männerfreundschaft aufmunternd über die Wangen.

Widerstand zwecklos ...

"Er wäre also nicht daran gestorben?"

Hauptkommissarin Gesine Bauer stand in der Notaufnahme des Diakonie-Krankenhauses vor dem Männerklo.

Der Chef der Notaufnahme schüttelte den Kopf. "Ein Abführmittel. Hoch dosiert. Aber wenn er genügend Flüssigkeit zu sich nimmt, besteht keine Gefahr. Natürlich wird es ihm noch ein paar Tage dreckig gehen."

Der Arzt sprach offen, der Patient war ja nicht in der Nähe. "Ich wollte ihn um ein Autogramm bitten, aber er wird wohl noch eine Weile auf dem Topf sitzen. Na, ich kann das ja nachholen, wenn er das nächste Mal eingeliefert wird", scherzte der Mediziner. Dann wurde er wieder ernst. "Ich muss leider weg, Schussverletzung. Es hat offenbar einen Ihrer Kollegen erwischt."

Gesine Bauer hob die Augenbrauen.

Und eilte dem Arzt hinterher.

Als sie sah, wer da vor den Toren der Notaufnahme jammernd aus dem Krankenwagen gehievt wurde, ließ sie genervt Luft ab. "Bauer zwo, was ist jetzt schon wieder?"

"Nichts, Chefin. Nur eine Lappalie."

Der begleitende Notarzt nickte. "Ihr Kollege ist spätestens in ein paar Tagen wieder einsatzfähig. Wird nur noch eine Weile humpeln."

Der Fuß von Bauer zwo war dick umwickelt. Schlimmer noch war aber der fleckig-nässende Ausschlag in seinem Gesicht.

"Was ist das?", fragte Gesine. "Akute Eiterflechte?"

Der Chef der Notaufnahme beugte sich über ihren Assistenten, meinte "Hm" und "Ha" und diagnostizierte dann eine allergische Reaktion.

Auf Bernhardinersabber.

An diesem Abend schmissen die Musiker in der alten Zwanziger-Jahre-Villa an der Crailsheimer Straße, in der sie untergebracht waren – Eingeweihten auch als Norman-Bates-Haus bekannt – eine Party.

Die Proben waren bislang nicht gut gelaufen. Alle beschlich allmählich das Gefühl, sich auf der Titanic zu befinden – den Eisberg in Sichtweite. Umso ausgelassener wurde noch ein letztes Mal gefeiert.

Clara saß neben Smiley auf dem Rasen vor dem Haus, eingehüllt in die Dampfwolke aus dem kleinen Stehgrill, und schmollte. Sie hatte sich so genial am Zimmermädchen vorbei auf Rons Zimmer geschlichen und die Wasserflaschen ausgetauscht, aber Ron war einfach nicht totzukriegen.

Eugen Cara, der Kora-Spieler, und Jewgeni Masoff, der Trommler, heizten ordentlich ein. Der Alkohol strömte. Um Mitternacht sprang Benno Bleibtreu in seinem halben Schweinekostüm auf einen Tisch und blies auf seiner Blockflöte den Hummeltanz von Katschachurian. Igor Dugaschwili tanzte dazu wie ein Berserker, sprang höher als Barischnikow und Nurejew zusammen, mit der Grazie des jungen Nijinsky. Alle klatschten im Takt in die Hände.

Einen kurzen Augenblick lang war alles gut.

So schien es zumindest.

10. Akt
Brot und Spiele

“Du selten blöder Idiot. Einen Hund zu kidnappen! Noch dazu als Mumie verkleidet!”

Wenn man etwas absolut Vertrauliches zu besprechen hatte, dann tat man das am besten in einer Menschenmenge. Folglich saßen der Kidnapper und die Frau, die seine Identität als Erste erraten hatte, auf der Terrasse des Sudhauses. Um sich herum Dutzende Touristen, die angesichts des herrlichen Blicks auf die Altstadt von Schwäbisch Hall vor sich und die eindrucksvolle Klosteranlage Comburg zu ihrer Rechten “Ah!” und “Oh!” und “Sieh nur!” und “Froilein, noch einen Latte, bitte!” riefen.

“Du bist und bleibst ein Depp, Rainer!” Clara sah ihren Ex-Mann an und seufzte.

“Wenn ich mich nicht verkleidet hätte, hättest du mich doch sofort erkannt. Ich bin eine markante Gestalt.”

Clara hatte Rainer seit einem guten halben Jahr nicht mehr gesehen. Ja, markant war er immer noch, aber in der kurzen Zeit mächtig grau und faltig geworden. Eine wohlige Wärmewelle wogte durch ihr Inneres – gab es etwas Schöneres als einen Ex-Partner, an dem der Zahn der Zeit stärker genagt hatte als an einem selbst?

Clara riss sich zusammen. “Mein Gott, Rainer, wir führen doch keinen Rosenkrieg. Warum hast du mich nicht einfach darum gebeten, das Sorgerecht für Pawlow zu bekommen?”

Rainer stierte auf sein zerlaufendes Eis.

Clara tätschelte ihrem Ex den Unterarm. “Ich liebe Pawlow, aber er ist ein Männerhund. Bei dir wird er mit Sicherheit glücklicher sein als bei mir. Ich dachte nur, er wäre eine Bürde für dich. Deine Arbeit …”

Sie sprach den Satz nicht aus. Rainer Kowalewski war Manager der Projektplanungsabteilung von Gruner + Jahr. Seine Vierzehn-Stunden-Arbeitstage und die dazugehörigen Geschäftsreisen hatten kaum Raum für eine Ehe gelassen, wie sollte da Platz für einen Hund sein?

“Ich habe gekündigt”, verkündete Kowalewski.

'Hm', dachte Clara, 'für mich hat er das nicht getan, aber für den Hund'. Sie sprach es nicht aus.

"Und wie willst du aus dem Knast heraus für Pawlow sorgen?", erkundigte sie sich stattdessen.

"Wieso Knast?"

"Rainer, wegen dir ist ein ganzes Sondereinsatzkommando angerückt. Außerdem hat Pawlow das Hotelzimmer zerlegt. Du weißt, dass er nicht allein sein kann."

Kowalewski zuckte mit den Schultern. "Das Zimmer bezahlt die Hundehaftpflicht. Und es ist kein Kidnapping, wenn man den eigenen Hund mitgehen lässt."

Clara war es egal. Ihr brannte eine andere Frage auf den Lippen. "Du, Rainer ...", fing sie an.

Er sah auf.

Clara schluckte. "Hast du versucht, Ron Raimundo zu ermorden?"

Zeitgleich saßen Frank Finck, Liese von Bühlow und Jean Belmont im Anlagencafé mit Blick auf die Fontäne. Zwei von ihnen hielten sich unter dem Tisch an den Händen. Der dritte im Bunde schaufelte wilde Kartoffeln mit Knoblauchsoße in sich hinein. Verzweiflung machte ihn hungrig.

"Das wird eine absolute Katastrophe. Das wird der Reinfall des Jahrhunderts!" Beim Reden mit vollem Mund spuckte Franz Kartoffelkrümel. Wenigstens besaß er den Anstand, mit seinem Teller zu reden und nicht mit seinen Nebensitzern. "Und ihr wisst, wie das ist: An den Schauspielern bleibt immer was kleben. Die Regieassistenten nimmt eh keiner ernst – ist nicht persönlich gemeint, Liese. Und Stuntmänner schon gar nicht – geht nicht gegen dich, Jean. Aber die Schauspieler, die sollen es gewesen sein. Bestimmt komme ich auf die schwarze Liste. 'Besetzt die Rolle bloß nicht mit dem Finck', werden sich die Regisseure zuraunen, der ist Kassengift. Ich werde umsatteln müssen. Aber ich bin doch Schauspieler mit Leib und Seele!"

Er schrie seine Qual heraus. Caféchef Sebastian sah zu Franz hinüber. Dass der Typ immer halbnackt auftauchte, war ja noch okay, und wenn man ein Handtuch unterlegte, was der Franz widerstandslos geschehen ließ, bekamen die Stühle auch keine Schwitzflecke. Aber Lärm ging zu weit.

Jean, der Franz eigentlich gar nicht zuhörte, weil er damit beschäftigt war, Liese ein strohblondes Haar aus dem Gesicht zu pusten, fuhr zusammen, als ihn bei Franzens Urschrei ein halb zerkauter Kartoffelbrocken am Hals traf.

“Ümsattèln?”, französelte er. “Ümsattèln! Du könntest einen Begleitservice gründen. Und für jede Dame bist du ein anderer: mal der verwegene Erol Flynn, mal der charmante Cary Grant, dann wieder die kalte Hündeschnauze Humphrey Bogart.”

Franz Finck wollte angewidert protestieren, hielt dann aber inne. “Hm, gar keine so dumme Idee”, räumte er ein.

Jean, der es nicht die Bohne ernst gemeint hatte, blähte schon wieder geistesabwesend die Wangen auf, um seine Geliebte anzupusten.

“Ich könnte deutschlandweit im Internet werben und meine Firma *Leckermann.de* nennen – *der individuelle Begleitservice für Damen.*”

“Wenn du weiter so viele Knofi-Kartoffeln in dich hineinspachtelst, wirst du dich eher *Dickmann.de* nennen müssen.” Liese hatte ihm die ‘unwichtigen Regieassistenten’ doch übel genommen.

Franz schmollte.

Aber den Teller mit den Kartoffeln schob er dennoch von sich.

Clara glaubte Rainer.

“Wer ist Ron Raimundo?”, hatte er gefragt. Der Tenor hatte ihn zu keinem Zeitpunkt interessiert. Er wollte nur den Hund. Dabei war er gar kein Hundemensch. Er war mit Hamstern aufgewachsen. Also ein Hamstermann. Aber bei einer Scheidung – noch dazu, wenn man der Verlassene war – ging es um so vieles. Es ging um Enttäuschung, Verletzung, Verrat. Und weil man diese Dinge nirgends festmachen konnte, reduzierte es sich am Ende auf das Familiensilber, den Erbschmuck – und in Ermangelung dessen eben auf einen Hund. Rainer brauchte Pawlow. Er wusste, wie sein Leben ohne Clara aussah: nur er, die Fernbedienung und ein Fertiggericht. Der haarende, sabbernde Pawlow war für sein Weiterleben existenziell.

Clara stand an der Brüstung und sah Rainer nach, der sich unten auf dem Platz vor der Kunsthalle eine Zigarette anzündete, tief einatmete und dann in Richtung Innenstadt verschwand.

Wenn ihr ehemaliger Mann ihren beinahe-künftigen Mann nicht umbringen wollte, wer dann?

Wen Clara nicht sah, weil sie sich ganz auf die hagere Gestalt von Rainer Kowalewski konzentrierte und in ihr ein unschöner Gedanke betreffs der Familiengeschichte ihres Ex-Gatten keimte, in der von jeder Menge Geisteskranker die Rede war, den sie jedoch sogleich wieder verwarf, war der zweite Tenor, der sich – wie an jedem probenfreien Tag – in die Kunsthalle Würth begab. Den

Aufkleber für das ordnungsgemäße Entrichten des Eintrittgeldes heftete er sich an das Revers seines Gehrocks, den er trotz Maihitze trug. Ein distinguiertes Aussehen war er seiner Stimme schuldig, fand er. Dann begab er sich einen Stock tiefer, wo wieder einmal eine spektakuläre Ausstellung gezeigt wurde.

Welche?

Exponate aus der Sammlung Würth? Leihgaben aus aller Welt zu einer Themenausstellung?

Erhard Frühwirt wusste es nicht und es war ihm auch egal. Er brauchte einfach einen kühlen Ort mit Niveau, der ihn inspirierte. Seit seine zweite Frau ihn verlassen hatte, wurde er einsamkeitsbedingt immer schrulliger. Er stellte sich mitten hinein in eine Traube von Kunsthallenbesuchern. "Wissen Sie, ich toure demnächst mit einem eigenen Soloprogramm", erklärte er lautstark, an niemand Besonderen gewandt. "Mit dem Neffen meiner ersten Frau", fuhr er fort, aber mittlerweile hatte sich die Menschentraube aufgelöst und Frühwirt sprach quasi nur noch mit dem expressionistischen Gemälde vor ihm. "Mein angeheirateter Neffe ist zwar Mexikaner, aber auch hierzulande schon recht bekannt. Er macht ja sonst nur Oper. Aber dieses Mal singen wir zusammen die berühmtesten Tenor-Duette. Er heißt ..."

Links neben ihm sah ihn ein Auge unterhalb eines Ohrläppchens an. Picasso? Hinter ihm kicherte eine Dame mit Puffärmeln. Renoir? Vor ihm bedachte ihn ein biederer Herr mit Melone mit einem abschätzigen Blick. Magritte?

Nein. Besucher der Kunsthalle. Sie fanden es befremdlich, dass ein schwitzender Gehrockträger die Atmosphäre höchsten künstlerischen Genusses der Ausstellung *Gefährliche Liebschaften* mit lautstark deklamierten Selbstgesprächen entweihte.

Und bevor Frühwirt dem Gemälde vor sich anvertrauen konnte, wie der Neffe seiner ersten Frau hieß, trat ein Ordner an ihn heran, legte den Finger an die Lippen und machte freundlich "Pst!"

Frühwirt verstummte.

Also ehrlich, so langsam keimte in ihm die Überzeugung, dass niemand wirklich daran interessiert war, dass er mit dem Neffen seiner ersten Frau auf Tour gehen würde.

Clara war in der Zwischenzeit mit dem Aufzug nach unten gefahren und verließ das Sudhaus in Richtung Mauerstraße. Wenn ihr Ex keine Mordgelüste hegte, dann musste es eine der anderen Frauen sein. Clara schloss immer gern von sich auf andere. Und sie würde mit ihrer Befragung bei Mirabelle Gessner anfangen.

Clara musste nicht bis zum Hotel Hohenlohe laufen, auf der Henkersbrücke sah sie Mirabelle Eis schleckend in einer der Nischen stehen.

"Das Leben ist wie ein Fluss", sinnierte die Schauspielerin statt einer Begrüßung. "Es plätschert vor sich hin, bis es auf ein Wehr trifft."

Belangloser ging es ja wohl nicht. Clara stellte sich an die Seite mit Mirabelles gutem Ohr, dasjenige, das nicht unter dem dicken Verband verborgen war, und sah zu dem Wehr hinüber, wo ein Fischreiher in gemütlicher Einbeinigkeit auf Beute wartete. Oder sich sonnte. Das war nicht genau zu erkennen.

"Ich will ja nicht unverschämt sein", erklärte Clara, die genau das beabsichtigte, "aber versuchst du gerade, Ron Raimundo umzubringen?"

"Nein, ich schlecke gerade ein Eis und philosophiere vor mich hin", erwiderte Mirabelle.

Clara musste sich sehr zusammenreißen, um die Gessner nicht jetzt und hier mit ihrem bonbonbunten Schal zu erdrosseln.

"Jemand will meinem ... unserem Ron ans Leder. Ich dachte, das kannst nur du sein. Wo er dich doch hat sitzen lassen. Das ist dir sicher auch noch nie passiert, oder? Tut weh, was?", meinte Clara süffisant.

Vorn am Wehr ließ der Fischreiher sein anderes Bein ins Wasser sinken und wackelte mit dem Bürzel.

"Meine Liebe", Mirabelle klang so hochnäsig, wie man es nur als Tochter reicher Eltern kann, "ich habe keine Ahnung, worauf du hinauswillst, aber wenn ich Ron umbringen wollte, würde ich mir ganz sicher nicht selbst die Hände schmutzig machen. Ich würde einen Profi anheuern. Und ein Profi würde es nicht andauernd verbocken. Zufrieden? War's das?"

In all ihrer Arroganz lag doch Aufrichtigkeit. Clara glaubte ihr. Außerdem konnte sie nicht weiter in Mirabelle dringen, weil Statistenkollege Smiley plötzlich neben den zwei Frauen auftauchte. "Hallo", meinte er schüchtern.

"Hallo Smiley. Ihr kennt euch?" Clara stellte die beiden einander vor. Manche Schauspieler beachteten Statisten als Tiere niederer Ordnung grundsätzlich nicht. Mirabelle schien ihr so eine Schauspielerin zu sein.

"Und? Worum geht's?", erkundigte sich Smiley.

Mirabelle sah zu ihm auf. "Wir haben gerade von Auftragsmördern gesprochen." Sie kicherte. Nicht wissend, welche Ironie in dieser Szene lag.

"Ich muss dann weiter", erklärte Clara, aber das interessierte die anderen nicht.

Der Fischreiher erhob sich in die Lüfte und flog majestätisch davon.

Der hünenhafte Smiley und die mädchenhaft-zierliche Mirabelle versenkten ihre Blicke ineinander.

Liebe lag in der Luft.

Die Damenumkleide befand sich im Class-Gebäude links hinter St. Michael. Sie war winzig klein, wenn auch nicht so winzig klein wie die Maske einen Stock tiefer. Aber im Moment war die Größe ausreichend, denn es befanden sich nur Elisabeth von Wellenfels und Clara Pauly darin. Clara war gerade nicht dran und Lissy wegen ihrer gebrochenen Schulter nur noch geduldeter Zaungast der Produktion.

"Meine Güte, wie bist du denn drauf?", fragte Lissy, nachdem Clara ihr die obligatorische 'Bist-du-die-Mörderin?'-Frage gestellt hatte.

Clara zuckte mit den Schultern. "Ich will nur für klare Verhältnisse sorgen."

"Die Biederfrau will den Tenor für sich allein, stimmt's? Aber bitte, nur zu, du kannst ihn haben."

Das wurde Clara nun einen Tick zu persönlich, aber wer A sagt, muss auch B sagen.

Lissy stand auf und holte sich mit ihrem guten Arm eine Halbliterflasche Wasser aus dem Kühlschrank, trank sie mehr oder weniger in einem Zug leer, füllte sie mit Leitungswasser neu auf und stellte sie zurück in den Kühlschrank.

"Du hast echt keinen blassen Schimmer, oder?", fragte sie Clara.

"Bezüglich der Mordanschläge?" Clara wollte nicht zu viel verraten. Sie wollte sich ja nicht selbst ans Messer liefern, nur herausfinden, wer außer ihr dem schönen Ron noch ans Leder wollte.

"Nein, was das Leben am Theater angeht, Dummchen." Lissy, die gut und gern Claras Tochter hätte sein können, gab sich mütterlich. "Ron und ich hatten viel Spaß, aber wenn die Spielzeit vorbei ist, geht er zurück nach Hamburg und ich ziehe ohnehin in den nächsten Tagen hinaus in die Welt. Mit etwas Glück komme ich ins Entertainmentprogramm von Cunard, sobald meine Schulter ausgeheilt ist."

"Cunard?"

"Die Schifffahrtslinie. Ich werde auf Kreuzschiffen auftreten. Ist das toll oder was?" Lissy drehte sich beseelt im Kreis. Sie schien tatsächlich im Glück. "Karibik. Chinesisches Meer. Kap Horn. Okay, ich muss auch mit alten Knackern tanzen. Aber he – ich werde die Welt sehen! Die ganze Welt!"

Clara schwieg.

Lissy blieb stehen. "Das vermassele ich mir doch nicht, indem ich eine Kurzzeitaffäre abmurkse. Tata." Lissy schnappte sich ihre Umhängetasche und tänzelte aus der Umkleide hinaus.

Clara setzte sich auf einen der altersschwachen Stühle und betrachtete ihre üppige, aber an diesem Tag eingefallen wirkende Gestalt in der Spiegelwand. Sie machte nicht nur keine Fortschritte, irgendwie schienen alle anderen auch weitaus glücklichere Zukunftsaussichten zu haben als sie selbst. Clara kam sich vor wie ein Schleimklumpen in der Luftröhre des Lebens. Würde sie gleich ausgespuckt?

Sie riss sich zusammen. Jammern half nie. Also, kurze Zwischenbilanz: Ihr Ex und ihre beiden Mitstreiterinnen um die Gunst des Tenors hatten jedwede Mordgelüste glaubhaft abgestritten.

Wer blieb da noch übrig?

"Herr Raimundo, ich will nicht lange um den heißen Brei reden – Sie sind ein toter Mann." Gesine fand, dass man einen geschmeidigen Geist nicht erst behutsam einseifen musste. "Wir haben nicht die Manpower, um Ihnen Rundumschutz zu bieten. Und irgendjemand hat es definitiv auf Sie abgesehen."

Sie standen im Treppenhaus des Clausnizer-Hauses. Ein eisiger Hauch schien plötzlich über die leise knarzenden, dunklen Holzstufen zu kriechen.

"Frau Bauer, ich bin Vollblutkünstler. Die Show muss weitergehen, komme, was da wolle."

Er *sagte* es markig-männlich-gelassen, wie John Wayne auf dem Weg zum finalen Duell. Er *fühlte* sich wie der Typ mit der Schmusedecke aus dem Charlie-Brown-Comic. Wie gern würde er jetzt an einer nuckeln.

11. Akt
Ein Kleinwagen!
Ein Königreich für einen Kleinwagen!

Während man im Theater probt, sterben Päpste, werden Könige inthronisiert, Superstars gesucht, Millionäre gemacht, Meinungen gebildet, Babys geboren. Kurzum, das eigentliche Leben findet unablässig statt. Aber dieses andere Leben ist nur für jene Menschen "eigentlich", die nicht am Theater sind.

Marie Müllerschöns eigentliches Leben war die Bühne. Sie konnte sich kein anderes Leben vorstellen. Als sie mit dreizehn Monaten laufen lernte, führte ihr erster Weg auf eine kopfstehende Bananenkiste, von der aus sie in – für sie – schwindelerregender Höhe putzige "Da-da-da"-Laute von sich gab. Es war nicht ihre Schuld, dass sich Neigung und Talent in ihrer Person nicht zusammenfanden. Sie fühlte sich verkannt. Nur ein Mal, ein einziges Mal müsste ein bedeutender Intendant sie live und in Farbe erleben, dann würde sich das Blatt wenden, dann würde ihr endlich der Erfolg beschieden, von dem sie immer geträumt hatte.

Alle glaubten, sie habe sich als ehemalige Miss Mosel ihre Rollen auf der Besetzungscouch geangelt. Das war Quatsch! Sie schlief einfach gern mit Männern. Da machte sie keinen Unterschied, ob es sich um einen einflussreichen Regisseur oder den Aushilfsbeleuchter handelte. Und sie verlangte hinterher von den Jungs auch keine Gefälligkeiten. Ihre derzeitige Rolle als Frau des Moses hatte sie sich allein durch ihr Können angeeignet. Aber dieses Können wurde noch nicht richtig gewürdigt. Nicht von den richtigen Leuten. 'Ein einziges Mal', dachte Marie, 'nur ein einziges Mal müsste mich einer der ganz Großen sehen.'

Marie beschloss, dass für dieses 'eine Mal' nun der richtige Zeitpunkt gekommen war. Sie würde endlich Nägel mit Köpfen machen!

Aber dazu brauchte sie ein Auto. Ein unauffälliges, aber zuverlässiges Gefährt. Hm.

'Ein Kleinwagen! Ein Königreich für einen Kleinwagen!', dachte Marie.

Und schloss wenige Augenblicke später das rote Mini-Cooper-Cabrio von Clara Pauly kurz.

Man soll eben niemals ehemalige Schönheitsköniginnen unterschätzen ...

Wenn man in ein Kostüm schlüpft, verändert sich was.

Eben war man noch ein ganz normaler Mensch, Schauspieler von Beruf, vielleicht etwas schüchtern und gehemmt, gut erzogen und manierlich, und dann warf man sich eine weiße Toga über, mutierte augenblicklich zu Brutus und stach wie im Fieberwahn mehrfach auf einen am Boden liegenden Cäsar ein. Obwohl man es sonst schon problematisch fand, ein Tranchiermesser in eine Hühnerbrust zu rammen. Es war die Toga. Ein unscheinbares Stück Stoff vermochte aus einem Durchschnittsbürger einen historischen Potentatenmörder zu machen.

Ähnliches vollzog sich mit dem Charakter von Franz Finck. Jeden Morgen, wenn er den Lendenschurz, den er am Vorabend im Badezimmer seines Hotelzimmers mit Rei in der Tube ausgewaschen und zum Trocknen in die Dusche gehängt hatte, um seine Hüften wickelte, verwandelte er sich einen Tick mehr in Josua, den jungen Draufgänger. Und weil er von seinem Zimmer im Hotel Kronprinz einen ganz fantastischen Blick auf den gewaltigen Neubau hatte – die fast fünfhundert Jahre alte ehemalige Waffen- und Getreidescheuer der Stadt, die Fernando Botero nicht massiger hätte malen können, wie er bei einem Aufenthalt in der Kunsthalle nickend eingestand – wuchs in Franz Finck von Tag zu Tag ein abstruser Plan heran und nahm immer konturengenauer Gestalt an.

Er wollte ein Zeichen setzen!

Damit seine dämlichen Kollegen ihn nicht länger damit aufzogen, dass er durchaus das Zeug hätte, als Schauspieler zu arbeiten, er sich ja aber dafür entschieden hätte, TV-Serien-Darsteller zu werden.

Deppen! Die würden schon noch Augen machen!

Also gürtete er sich am Tag der Generalprobe mit seiner Trompete und machte sich auf den Weg zum Neubau. Vor der Westfront des Gebäudes entdeckte er die ideale Stelle. Einheimische nennen sie 'Schwalbennest'. Eine unvergleichliche Idylle mit umwerfendem Blick. Scheinbar endlos hoch ragte der Neubau vor Franz Finck auf, die rot-gelb diagonal gestreiften Fensterläden schienen ihm auffordernd zuzublinzeln.

Finck ließ die Schultern zur Lockerung kreisen, tätigte einige Zwerchfellübungen, positionierte sich breitbeinig an die Stelle, wo eine dicke Baumwurzel durch die Pflastersteine ragte, setzte die Trompete an die fleischigen Lippen und blies.

Und blies.

Und blies.

Let the walls come tumbling down!

Pawlow sah mit seinem treuherzigsten Hundeblick zu Hauptkommissarin Gesine Bauer auf. Nur wenige Menschen waren in der Lage, diesen großen, braunen Augen und dem leicht geöffneten Maul, das immer zu lächeln schien, zu widerstehen, aber Gesine gelang das mühelos. Sie war einfach kein Hundemensch. Ihrer Meinung nach gehörte alles, was pelzig war, auf einen Kleiderbügel.

Bauer zwo allerdings, der fingerdick Camouflage-Makeup im Gesicht trug, damit er mit seiner Allergiker-Flechte, die sich von einem Ohr zum anderen über seine Wangen zog, keine Kleinkinder traumatisierte, schmolz dahin. Was für ein Hund! Er trug dem Tier nichts nach. Pawlow konnte ja nichts dafür, dass ein gnadenloses Schicksal beziehungsweise eine erbarmungslose Genetik Bauer zwo zum wahrscheinlich einzigen Menschen auf diesem Erdball auserkoren hatte, der auf Bernhardinersabber mit eitrigen, roten Pusteln reagierte.

"Herr Kowalewski", fing Gesine an und hörte gleich wieder auf, weil Kowalewski lautstark heulend in sich zusammenfiel.

Gesine seufzte.

Bei ihrer Arbeit stieß sie auffallend oft auf weinende Männer. Nicht, dass sie es nicht gut fand, wenn Männer auch mal Gefühl zeigten, aber lästig war es doch. Lästig und zeitraubend.

Kowalewski hatte der Hauptkommissarin und ihrem Assistenten keinen Platz angeboten. Wie so viele nahm er offenbar an, dass man Polizisten schneller loswürde, wenn man sie stehen ließ. 'Da steht ihm jetzt aber eine herbe Enttäuschung bevor', dachte Gesine und räusperte sich nachdrücklich.

Das seehundgleiche Geheul ebbte ab, die Tränen flossen weiter.

Gesine wollte Bauer zwo um ein Taschentuch bitten, aber der tollte mit dem Hund über den Boden von Kowalewskis Adelshof-Hotelzimmer, vorbei an einem angenagten Stuhlbein und den Überresten der Tür, deren frühere Aufgabe derzeit eine Sperrholznotbehelfplatte übernommen hatte.

"Herr Kowalewski", startete Gesine einen zweiten Versuch. Sollte sich der Verdächtige den Rotz doch am Ärmel abwischen. Oder Teile seiner Mumienmullbinde dazu heranziehen. "Sie haben den Hund von Frau Pauly entführt. Das zeugt von Ihrem kriminellen Potenzial. Haben Sie auch versucht, den Tenor mit Pfeil und Bogen zu erschießen?"

Rainer Kowalewski wurde von heftigen Schluchzern durchgeschüttelt. "Nein, *ich* war das nicht."

Gesine hob eine Augenbraue. Sie bemerkte selbst kleinste Betonungsnuancierungen und diese hier hätte nicht einmal Bauer zwo überhört, wenn er denn zugehört hätte, anstatt mit diesem haarigen Sabberkoloss Fangen zu spielen.

"*Sie* waren es also nicht. Wer dann?"

Kowalewski sah sie aus rot umflorten Triefaugen flehentlich an. 'Der wird diesem Köter auch immer ähnlicher', dachte Gesine.

Kowalewski senkte den Blick. Das Schluchzen hatte aufgehört. Bis auf das fröhliche Kläffen von Bauer zwo und Pawlow kehrte Grabesstille in das Hotelzimmer ein.

Gesine wartete geduldig.

Kowalewski sah wieder auf. "Ich habe gesehen, wer den Pfeil abgeschossen hat. Erst dachte ich, es sei der Intendant. Wegen der Ähnlichkeit."

"Der Intendant hat ein wasserdichtes Alibi. Und im Wust der Verdächtigen gibt es auch absolut niemanden, der ihm ähnlich sieht. Wollen Sie mit mir ein Spielchen spielen?"

Kowalewskis Adamsapfel hüpfte. "Also ... äh ... ich stecke da gewissermaßen in einem moralischen Dilemma ..."

Wenn Gesine im Zorn die Augenbrauen zusammenkniff, sah sie aus wie Frida Kahlo, der sich eine haarige Raupe quer über die Stirn schlängelte. "Herr Kowalewski, hören Sie auf, Zeit zu schinden. Wer nachts als Mumie unschuldige Passanten traumatisiert, braucht mir nicht mit moralischer Zerrissenheit zu kommen. Erzählen Sie mir endlich, wen Sie gesehen haben!"

Kowalewski schluckte. "Meinen Halbbruder. Ich habe meinen Halbbruder gesehen."

Zur gleichen Zeit beschwerten sich Neubau-Anwohner wegen der andauernden Lärmbelästigung bei der Polizei.

Zwei Streifenbeamte wurden vorbeigeschickt. Sie erkundigten sich bei dem Lendenschurzträger, was genau er da mache.

Finck schrie: "Hinfort, ihr Heiden, ich blase im Auftrag des Herrn!"

Was zu bezweifeln war, denn die Mauern von Hall hielten den Trompetenstößen dieses Möchtegern-Josua mühelos stand. Womöglich lag es daran, dass Schwäbisch Hall eben nicht Jericho war. Oder womöglich hätte Franz Finck auch einfach eine Posaune nehmen und zuvor sieben Mal den Neubau umrunden sollen. Jedenfalls bröckelte da gar nichts, nicht mal ein Kieselstein.

Die Beamten baten ihn, doch bitte den ruhestörenden Lärm zu unterlassen, woraufhin Finck zu pöbeln begann. Und da er sich nicht ausweisen konnte, fand er sich kurz darauf auf dem Revier wieder, wo ihn ein Mitarbeiter des KBB gerade noch rechtzeitig zur Generalprobe auslösen konnte.

Die Trompete blieb allerdings konfisziert.

Federnden Schrittes schwebte er zum Beckenrand.

Dort blieb er stehen und setzte sich die Nike-Schwimmbrille auf, das allerneueste Modell, verspiegelt, mit doppeltem Kopfband, Hinterkopfschnalle und Anti-Fog-System. Er ging ein paar Mal wippend in die Knie, dann stürzte er sich wie ein Unterwassertorpedo bauchplatschend ins Becken und kämpfte sich gleich darauf kraulquappig durch das Salzwasser zur anderen Beckenseite. Brandungsgleich gischte dabei das Wasser in die Höhe und bespritzte sämtliche Umstehenden. Die sich aber nach dem ersten Verärgerungsschock über so viel Rücksichtslosigkeit dennoch nicht beschwerten.

Kritiker Klinghammer befand sich kurz vor Toresschluss im Solebad zu Schwäbisch Hall. Eigentlich eine Oase der Ruhe und der Wellness. Aber das war, bevor der Stuttgarter Kritikerpapst beschlossen hatte, sich wie Esther Williams in die Fluten zu stürzen. Anders als seinerzeit Esther trug er allerdings eine etwas zu locker sitzende marineblaue Badehose mit Donald-Duck-Applikation. Das heißt, er hatte sie getragen. Bis zu seinem Sprung ins salzige Nass.

Während Klinghammer ahnungslos die Fluten durchpflügte, dümpelte seine Badehose alleingelassen am Beckenrand.

Klinghammer wusste es noch nicht, aber dies war ein Omen. Der kommende Tag würde nicht sein Tag werden.

Definitiv nicht.

Eine seltsame Stimmung lag in dieser Nacht über Schwäbisch Hall.

Es war, als schienen die alten Gemäuer zu spüren, dass irgendwo mitten unter ihnen ein Mensch eine Waffe polierte, in der festen Absicht, mit dieser Waffe am nächsten Abend einen anderen Menschen umzubringen.

In den finstersten Stunden der Nacht kam ein Wind auf. Er schien den Bewohnern der Stadt eine Warnung zuwispern zu wollen.

Aber alles schlief.

12. Akt
Die ganze Welt ist Bühne

7 Uhr

Die Stadt erwacht. Es ist der Tag der Premiere. Der Uraufführungspremiere von DIE ZEHN GEBOTE – Das Musical. Ein Tag, der in die Annalen der Stadt eingehen wird …

8 Uhr 03

Schlaflos in Schwäbisch Hall.

Schudrow hat sich die ganze Nacht Nägel kauend im Bett gewälzt und überlegt, in welches außereuropäische Land er nach der Premierenpleite auswandern könnte. Paraguay? Patagonien? Papua-Neuguinea?

Quecksilbrig läuft er erst vom Frühstücksraum seines Hotels zum KBB, wo er Liese von Bühlow vorfindet und grundlos zusammenstaucht, um Dampf abzulassen, und anschließend zur Schneiderei im Class-Gebäude, wo er letzte Änderungswünsche betreffend die Kostüme auf gelbe Post-it-Zettel kritzelt.

8 Uhr 05

Tobias Klinghammer besitzt einen außerordentlich hellen, großen Kopf, den er sich seit Kurzem täglich rasiert. Er ist also in Übung. Aber an diesem entscheidenden Tag spürt er leider, dass er kein Mann mit Nerven aus Drahtseilen ist. Er spürt das vor allem in seiner rechten Hand, die zittert wie bei einem Alkoholiker auf Entzug. Keine Schwäche zeigen! Er rasiert sich rücksichtslos den markanten Schädel, als vermöge es der Schmerz, ihn für die anstehende Aufgabe in besonderer Weise zu wappnen.

Eine halbe Stunde und drei Pflaster später betrachtet er sich im Ganzkörperspiegel seines Hotels. Der maßgeschneiderte Anzug verleiht ihm etwas Distinguiertes. Der Mann von Welt trägt keinen Anzug von der Stange. Und unter dem Maßanzug ist auch überhaupt keine Ausbuchtung zu sehen. Unsichtbar stecken Pistole und Schalldämpfer in der Innentasche des Jacketts. Klinghammer ist ganz Gentleman der alten Schule. Jetzt fehlt nur noch das Einstecktuch.

9 Uhr 21

Die Sonnenblende im Mini Cooper war seinerzeit für Clara Pauly die ausschlaggebende Kaufentscheidung gewesen: Sie besaß nämlich einen Schminkspiegel. Die Wertigkeit eines Schminkspiegels kann gar nicht hoch genug angesetzt werden.

In besagtem Schminkspiegel prüft nun Marie Müllerschön ihr Aussehen. Ja, doch, dafür, dass sie die ganze Nacht kein Auge zugetan hat, sieht sie noch ganz okay aus.

Manchmal muss eine Frau tun, was eine Frau tun muss. Nach der Generalprobe ist sie losgefahren, hat ihr Ding durchgezogen und befindet sich nun auf dem Rückweg.

Mit den Knien lenkend trägt sie den Lippenstift auf. Hinter ihr hupt es. Mist, über den Lippenrand gefahren. Taschentuch rausziehen, abwischen und noch mal von vorn.

"Hmpf", nuschelt Dietrich Birmer, der Intendant eines bedeutenden süddeutschen Staatstheaters, der neben ihr auf dem Beifahrersitz sitzt und irgendwie bleichgesichtig wirkt. Was womöglich daran liegt, dass seine Arme und Beine mit Paketkleber verschnürt sind. Und eine Socke in seinem Mund steckt. Er schwitzt pure Angst.

"Wir schaffen das", versichert ihm Marie Müllerschön. "Rechtzeitig zur Premiere sind wir in Schwäbisch Hall."

Termintreue ist derzeit aber nicht Dietrich Birmers wichtigstes Anliegen.

Birmer will nicht zermantscht in einem Autowrack enden. Schon gar nicht verschnürt wie ein Wickelbraten in einem Kleinwagen.

Er hat ja schon immer gewusst, dass Frauen kompliziert sind. Das ist ja auch die Herausforderung. Männer sind einfach gestrickt: Essen, Fernsehen, Sport – schon sind sie glücklich. Aber die Frauen! Ihre Bedienungsanleitung ist 1000 Seiten dick. Die Kapitel 16, 18, 33 und 41 fehlen. Noch dazu ist das Buch miserabel übersetzt, wahrscheinlich aus dem Aramäischen. Oder dem Babylonischen.

Birmer schielt zur Müllerschön hinüber. Mein Gott, die Kleine ist durchgeknallt. Das ist nicht zu übersehen.

"Ich weiß, dass mich alle als talentfreies Besetzungscouchtalent bezeichnen!", hat sie ihm ohne Begrüßung entgegengeschrien, als sie ihn mitten in der Nacht aus dem Bett sturmgeklingelt hat. "Aber ich bin wirklich gut. Sie müssen mich nur ein einziges Mal auf der Treppe sehen, dann wissen Sie es." Birmer hat genickt und "Ja, gern, baldmöglichst" gemurmelt. Er hat es nicht so gemeint, hat sie nur abwimmeln wollen. Sie hat ihn durchschaut.

Birmer weiß nicht genau, womit sie ihn niedergeknüppelt hat, aber als er wieder aufwachte, lag er gefesselt und geknebelt neben ihrem Wagen, während sie mit aller Kraft versuchte, ihn auf den Beifahrersitz zu hieven. Da er gut und gern doppelt so viel wiegt wie sie, nahm das einen Großteil der Nacht in Anspruch.

Aber nun sitzen sie hier. Fahren, alle Verkehrsregeln missachtend, in Richtung Schwäbisch Hall. Birmer hofft, dass eine Streife sie abfangen wird. Möglichst noch bevor sich seine Blase im Angstanspannungsschock entlädt.

9 Uhr 54

Sämtliche Musiker leiden in höchst unappetitlichem Ausmaß an Durchfall und Erbrechen. Das berüchtigte Noro-Virus!

Schudrow versucht im Norman-Bates-Haus, angetan mit Atemmaske und Einmalhandschuhen, an ihr Ehrgefühl zu appellieren. "Ihr seid doch beim Theater. Man tritt auf, egal wie scheiße man sich fühlt. Was soll ich denn ohne euch machen, ihr Mistkerle!", brüllt er und hämmert gegen die Badezimmertür. Er will gar nicht wissen, wie es ist, wenn sich vier erwachsene Durchfallkranke eine Toilettenschüssel teilen müssen, weil sich der fünfte in das einzige Ersatzbadezimmer eingeschlossen und die Tür verrammelt hat. "Es ist ein Musical, verdammt nocheins!", brüllt er. "Mit Musik!"

Den Musikern ist das egal. Sie wollen nur noch sterben.

Schudrow beauftragt Liese, sich um das Problem zu kümmern.

10 Uhr 10

Eine dicke Wolke schiebt sich über den Marktplatz von Schwäbisch Hall. Es wird doch nach sechs trockenen Wochen nicht ausgerechnet heute anfangen zu regnen?

Intendant Christoph Biermeier, der soeben von den erkrankten Musikern erfahren hat, sieht im Internet nach, ob ihm der meteorologische Dienst den finalen Schlag erteilen will. Die Wetterfrösche prognostizieren eine Regenwahrscheinlichkeit von 45 Prozent. Der Intendant seufzt und wirft ein Gummibärchen ein. (In den Monaten Mai/Juni sind noch nie so viele Gummibärchen in Baden-Württemberg umgesetzt worden – die Branche jubiliert.)

14 Uhr

Die Ordner beginnen mit der Bestuhlung des Marktplatzes. Nach minutiös ausgearbeitetem Plan werden 2000 Stühle aufgestellt und dabei auch gleich saubergewischt. Das Auf- und Abstuhlen ist eine hohe Kunst, die nur ausgewählte Eingeweihte beherrschen. Kein Wunder scheinen die Ordner wie ein Geheimbund, wie eine Art Freimaurerloge in roten T-Shirts.

14 Uhr 12

Tenor Ron Raimundo sitzt auf seinem Spezialgummikissen auf der Holzbank, die sich rund um eine der Linden vor St. Michael zieht. Er weiß nicht, was er mehr fürchten muss: die Premiere oder die Möglichkeit, dass dies sein letzter Tag auf Erden sein könnte. Außerdem tut ihm sein Hintern weh.

Clara kommt vorbei. In der Handtasche hat sie den alten Wehrmachtsrevolver ihres Großvaters väterlicherseits.

Sie setzt sich neben ihn.

"Nervös?", fragt sie.

Er nickt.

Sie nimmt seine Hand. "Wird schon alles gut gehen", tröstet sie. Sie will ihm drei Mal über die linke Schulter spucken, weil das Glück bringt, aber in dem Moment wendet er ihr das Gesicht zu.

Sie wischt ihm ihre Spucke mit dem Ärmelzipfel von der Wange.

14 Uhr 53

Hannes, das Ein-Mann-Orchester, stimmt sein Schifferklavier. Oder entlockt ihm zumindest gequälte Laute, die so klingen, als müsse es dringend gestimmt werden.

"Kein Problem, junge Frau, ich spiele alles." Er legt sich das Mundharmonikagestell um und tritt probeweise auf das Fußpedal der Trommel, die er sich auf den Rücken geschnallt hat.

Benno Bleibtreu im Schweinekostüm setzt seine Blockflöte an. "Null problemo, Liese. Gemeinsam wuppen wir das", sagt er noch, dann bläst er los und stößt im Überschwang den Notenständer um. Notenblätter wirbeln durch die Luft. "Keine Sorge, Liese", versichert Benno erneut und sammelt die Blätter ein.

Liese nickt. Nicht wirklich überzeugt.

Dann zieht sie los, um ihrem Chef Schudrow zu erklären, wer die fünf erkrankten Musiker ersetzen wird.

15 Uhr

Schudrow schließt sich weinend in die Toilette des KBB ein.

16 Uhr 08

Clara hätte sich gern aufs Ohr gelegt und eine kleine Siesta eingeschoben, um heute Abend auch wirklich fit zu sein. Aber sie beobachtet lieber den Halbbruder ihres Ex-Mannes.

Rainer hatte ihr schon vor der Hochzeit gebeichtet, dass sich in seiner Familie überdurchschnittlich viele Geisteskranke tummelten. Darum hatten sie ja auch von Anfang an auf rigide Verhütung gesetzt. Es gab schon genügend debile, durchgeknallte, schizophrene und psychopathische Kowalewskis auf dieser Welt.

Und einer von denen treibt sich nun in Schwäbisch Hall herum, auch wenn er mittlerweile nicht mehr Kowalewski heißt, sondern den Mädchennamen seiner Mutter angenommen hat. Clara hat ihn bei einer der Proben zu erkennen geglaubt, das Ganze aber als stressbedingte visuelle Halluzination abgetan. Mittlerweile ist sie sich sicher: Rainers Halbbruder will Ron Raimundo töten. Bitte, soll er ruhig versuchen. Aber solange sie über Ron wacht, wird ihm – von anderen – kein Leid geschehen. Großes Indianerinnenehrenwort!

16 Uhr 22

Die dicke Wolke, die es sich den ganzen Tag über der Stadt gemütlich gemacht und zwischendurch auch mal einen Tropfen vergossen hat, verzieht sich. Der Abend ist sonnig und mild. Bonbonwetter!

16 Uhr 41

Der Requisiteur bemerkt einen seltsamen Geruch an dem Theaterdolch, mit dem die Enkelin des Pharao Moses zu erstechen versucht, weil er sich von ihr abwendet.

Und tatsächlich: Jemand hat mit Leim den Einzugsmechanismus blockiert. Die scharfe Klinge hätte Ron Raimundo mühelos den Brustkorb aufgeschlitzt.

Gesine und Bauer zwo nehmen die Ermittlung auf.

Es finden sich nur die Fingerabdrücke von Clara Pauly und Mirabelle Gessner auf dem Dolch, was eigentlich völlig normal ist, da ja beide die Enkelin des Pharao geprobt haben. Clara hat für die Pfeil-und-Bogen-Attacke ein Alibi, darum konzentriert sich der Verdacht auf Mirabelle.

17 Uhr 13

Der Nil wird ausgerollt, die riesigen Plakate von Anubis und Horus herabgelassen. Der Sarkophag wird auf Hochglanz poliert und die Sicherungsseile des gigantischen Obelisken vom TÜV ein letztes Mal auf ihre Zuverlässigkeit überprüft.

18 Uhr 47
Alle Tische vor dem Café am Markt und vor dem Goldenen Adler sind mit Theaterbesuchern besetzt, die vor der Vorstellung noch eine Kleinigkeit zu sich nehmen wollen. Man hört vorfreudiges Geplauder und das leise Summen der Wespen. Irgendwo bellt ein Hund, grunzt eine Sau.

18 Uhr 51
Gernot Haussmann schreitet mittig durch die Stuhlreihen auf die Treppen zu und erklimmt bedächtig die Stufen.

Er hätte auch außen herum zur Garderobe im Class-Gebäude gehen können, aber dann hätte ihn ja keiner bemerkt. Sein Auftritt fiele noch beeindruckender aus, wenn ihm nicht eine halbe Rolle Toilettenpapier am Absatz kleben würde.

Haussmann merkt nichts.

Wer ihn sieht – und das sind viele –, freut sich diebisch.

18 Uhr 53
Erhard Frühwirt verlässt den Goldenen Adler, wo er noch schnell sein obligatorisches Premierenbier getrunken hat, dreht eine Ehrenrunde über den Marktplatz und steigt dann ebenfalls die Stufen hoch. Nach ungefähr 38 der 54 Stufen vollführt er eine halbe Drehung, hebt den Kopf, scheint andächtig 30 Sekunden lang zu meditieren und singt sich dann ein. Er singt mitnichten eine Melodie aus den ZEHN GEBOTEN, sondern bringt ein kleines Medley aus seinem Soloprogramm dar. Seine Flyer hat er schon vor einer Stunde auf den Terrassentischen des Cafés am Markt und des Restaurants Goldener Adler ausgelegt.

19 Uhr
Franz Finck radelt durch die Obere Herrngasse heran, im Lendenschurz mit nacktem Oberkörper. Er hat sich extra eingeölt, damit die Haut schön glänzt. Was sie auch tut, als er sein Rad schultert und es die Große Treppe hinaufträgt. 'Nimmt denn kein Mensch den Seitenaufgang?', denkt Gesine.

19 Uhr 01
Lasker Schudrow kommt. Er trägt einen lila Smoking mit farblich passendem Haargummi für den Pferdeschwanz und macht einen fahrigen Eindruck.

Bis gerade eben ist in der Galerie am Markt noch Pressekonferenz gewesen. Schudrow findet, dass er sich wacker geschlagen hat. Er hat Zadek und

Lumet und seinen alten Ethik-Lehrer, einen Jesuitenpater namens Anstett, zitiert und dann versiert mit Begriffen wie 'emotionales Konzepttheater', 'bewusst gesetzte Zäsuren, die man nicht mögen und auch nicht verstehen muss' und 'konkrete Anstoßvermittlung' um sich geworfen. Er wolle dem Publikum Glücksmomente schenken, hat er den versammelten Theaterkritikern förmlich entgegengerufen, Glücksmomente und Begeisterungsinitialzündungen. "Ich bin ein Instrument, ich will etwas in den Menschen zum Klingen bringen!" Leicht pikiert musste er registrieren, dass da keiner mitschrieb. Journaille!

Unschlüssig bleibt Schudrow vor dem Rathaus stehen. Am liebsten würde er einige seiner Internetpillen einwerfen, aber das traut er sich nicht, weil er dann womöglich wieder einschläft.

Vor seinem inneren Auge sieht er die möglichen Katastrophen: Die Schauspieler werden ihren Text vergessen, die Tiere werden durchgehen und sich auf die Ehrengäste stürzen, es wird der schlimmste Reinfall seit Beginn der Theatergeschichte werden, einfach desaströs, wie damals die Aufführung, an der Präsident Lincoln teilnahm. Schudrow schluckt schwer. Patagonien, er wird nach Patagonien auswandern.

Dann geht er auf sein Hotelzimmer und ruft seine Mutti an.

19 Uhr 12

Der Prosecco-Stand wird aufgebaut, in der Ecke zwischen dem KBB-Gebäude und der Löwen-Apotheke. Auf der anderen Seite macht der Theater-Rollshop auf und bietet Programme und Memorabilia feil.

19 Uhr 13

Die tragbaren Requisiten werden auf der Treppe ausgelegt: ein siebenarmiger Leuchter hier, ein goldenes Pharaonenszepter dort. Clara muss ihren Beobachtungsposten kurz aufgeben, um sich in der Maske schminken zu lassen. Inmitten eines Meeres von Perückenköpfen mit diversen Haarteilen verwandelt sich Clara unter kundiger Hand in eine ägyptische Prinzessin. Im Gegensatz zu Mirabelle Gessner nimmt man ihr die Adoleszente jedoch nicht ab, auch nicht unter fingerdicker Schminke. Egal, dann hat sich Moses eben in eine ältere Frau verliebt, meint die Maskenbildnerin aufmunternd, das ist doch eine hochmoderne, supergute Aussage. Clara nickt. Ganz ihre Meinung. Insbesondere, da Ron Raimundo einen Tick jünger ist als sie.

19 Uhr 15

Alle Haller Chöre machen mit. Seit Wochen hat man die Nummern des Massenauftritts geprobt, nämlich den Zug der Israeliten aus Ägypten. Pro Vorstellung werden sage und schreibe fünfzig Statisten in einfachen Umhängen mit den Farben der zwölf Stämme einmal um den Marktplatz prozessionieren. In diesem Moment sammelt sich die Menge vor der Hrdlicka-Plastik von Dietrich Bonhoeffer, die rechts neben der Kirche steht. Jemand hat ein Blumengebinde vor der Bonhoeffer-Kopfskulptur abgelegt. Vielleicht ein Ritual, das Glück bringen soll? Um von guten Mächten wirklich wunderbar geborgen zu sein?

Alle sind schon aufgeregt und freuen sich auf das Spektakel und ihren Beitrag zum Erfolg des Musicals. Unter ihnen, unbemerkt, Tobias Klinghammer. Manch einer wundert sich über das fremde Gesicht, denkt aber, er würde zu einem anderen Chor gehören. Klinghammer grinst in sich hinein. Das wird ein Kinderspiel. Mit seinen Exklusivberichten über den Mord am Freilichttheater wird er erst reich werden und dann berühmt. 'Ja', denkt er und lächelt, 'das Leben ist schön!'

"Hat jemand mein Kostüm gesehen?", ruft da einer der Chorsänger.

19 Uhr 30

Wer nur einen Stehplatz ergattern konnte, trifft schon ein und legt zur Belegung der besten Plätze auf der Rathausmauer Mäntel, Decken und Kinder aus. Eine hagere Brünette mittleren Alters positioniert ihren Buben mittig auf die Mauer. "Bleib schön sitzen, Torben, Mama und Papa kommen gleich wieder."

19 Uhr 32

Ein Räuspern knistert über den Marktplatz. "Eins ... Zwei ..." Jemand spricht in ein Mikro. Die Stimme scheint aus dem Rathaus zu kommen. Aus dem zweiten Stock. Unterhalb des Doppelkopfadlers, der aussieht wie ein siamesischer Zwilling, kurz bevor ihn US-Ärzte medienwirksam trennen.

"Der Fahrer oder die Fahrerin des roten BMW mit dem Kennzeichen HH-XY 123 wird dringend gebeten, zum Wagen zu kommen. Ich wiederhole ..."

Erst fünfzehn Minuten später löst sich ein Mittdreißiger, den pastelligen Pulli lässig um die Schultern geschlungen, vom Prosecco-Stand und schlendert gemächlich quer über den Marktplatz zu seinem Auto. Bloß niemanden merken lassen, dass er der Falschparker ist. Sein roter Flitzer stand allerdings Django und dem Streitwagen im Weg und wurde bereits abgeschleppt.

19 Uhr 33
Eine Kostümassistentin flip-flopt die Wechselkostüme ins Rathausfoyer. Ein goldlackierter Kurzdolch im Stil der zweiten Dynastie fehlt (er taucht drei Wochen später bei eBay auf und wird für 145 Euro von einem schleswig-holsteinischen Hobbyarchäologen ersteigert).

19 Uhr 47
Torben wird quengelig und seine frisch zurückgekehrten Eltern schicken ihn als beschäftigungstherapeutische Maßnahme los, alle Stühle zu zählen. Zwei Minuten später kehrt er zurück und vermeldet triumphierend, dass es "fünf Milliarden Stühle" seien. Zur Belohnung bekommt er einen biologisch-dynamischen, garantiert genveränderungsfreien Vollwert-Müsliriegel.

19 Uhr 52
Die beiden Sanitäter vom Deutschen Roten Kreuz treffen ein, mit Erste-Hilfe-Koffern und karierten Wolldecken.

19 Uhr 57
Der Prosecco-Stand ist umzingelt und schon fast leer getrunken.

20 Uhr
Es ist zur Hälfte voll. Die hinteren Plätze sind bereits alle belegt, nur ganz vorn – auf den "guten" Plätzen – ist noch jede Menge frei. Man kommt erst in letzter Minute. Sehen und gesehen werden.

Die meisten Damen haben sich, dem Anlass entsprechend, in Designerkleider geworfen, die Herren tragen Sommeranzüge in gedeckten Farben. Vielen scheint aber nicht klar zu sein, dass 'Freilicht' auf gut deutsch 'al fresco' heißt: Sie kommen ohne Jacke und ohne Decke. Die alten Hasen grinsen wissend in sich hinein.

20 Uhr 07
Mirabelle Gessner zündet sich hinter einem der Holzhäuschen links neben der Kirche, in der die Requisiten für die kommende Aufführung lagerten, ein Zigarillo an. Sie starrt zu den offenen Fenstern der Männergarderobe im Class-Gebäude. Dort steht Raimundo mit nacktem Oberkörper und räkelt sich. Mirabelles Augen werden zu schmalen Schlitzen. Wollust? Oder Hass?

20 Uhr 12

Clara Pauly steht unter der Plastikpalme auf der Brüstung und sieht hinunter in die Menge. Mein Gott, so viele Menschen! Soll sie sich wirklich mit ihrem gestammelten *Liebe mich!* in ihrem transparenten Echsenkleid zum Gespött all dieser Menschen machen? Oder soll sie sich lieber gleich mit dem Wehrmachtsrevolver von Opa Gustav erschießen?

20 Uhr 15

Der Sprengmeister dreht eine letzte Runde hinter den Kulissen. "Ab jetzt sind die Pyros scharf!", ruft er allen warnend zu.

Finck, Frühwirt und Haussmann stehen vor einem Schild mit der Aufschrift RAUCHEN, FEUER UND offenes LICHT POLIZEILICH VERBOTEN und genießen in Ruhe eine letzte Zigarette.

"Ich versuche, *So soll man es schreiben, so soll es geschehn* so zu singen, als sei es nur ein Lied", erklärt Haussmann und pafft an seiner *Marlboro light* wie ein Indianer, der Rauchzeichen gibt.

"Es *ist* nur ein Lied", meint Frühwirt.

"Es ist ein Aufschrei der Qual!", schreit Haussmann.

"Pst!", ruft es von allen Seiten.

20 Uhr 19

Marie Müllerschön schiebt Intendant Dietrich Birmer im Rollstuhl an die hinterste Stuhlreihe. "Mein Opa", sagt sie zu einer Ordnerin. "Er friert leicht, also habe ich ihn dick eingemummelt."

"Keine Sorge, ich schau nach ihm", verspricht die Ordnerin fürsorglich, obwohl der alte Mann nach Schweiß und Urin riecht und offenbar unter Zuckungen leidet.

Birmer versucht, die Socke auszuwürgen, aber das geht wegen dem fleischfarbenen Klebeband über seinen Lippen nicht. Marie hat Glück, dass die Ordnerin viel zu viel zu tun hat, um sich nach vorn zu beugen und unter die Wolldecke zu lugen, in die ihn seine Entführerin eingehüllt hat.

Birmer stöhnt.

"Opa ist veralzheimert und gibt manchmal Geräusche von sich", entschuldigt sich Marie Müllerschön bei der Ordnerin.

"Ach, das geht schon von der Lautstärke. Falls es doch stört, schiebe ich ihn einfach weiter hinüber zum Stadtarchiv." Die Ordnerin geht weiter. Sie muss in den hinteren Reihen die Plätze zuweisen.

Marie Müllerschön schenkt der Ordnerin zum Abschied ein warmes Lächeln. "Danke!", ruft sie ihr nach und sagt dann in überlautem Theaterflüstern zu Birmer: "So, Opa, amüsier dich schön. Ich hol dich dann hinterher wieder ab."

Daraufhin beugt sich Marie Müllerschön nach unten und flüstert der Wolldecke leise zu: "Wenn Sie mich auf der Treppe sehen, werden Sie merken, wie gut ich bin. Dann hat sich all das hier gelohnt, glauben Sie mir. Sie werden mich als Ihre ureigenste Entdeckung feiern können."

Die Ordnerin freut sich von fern, dass es noch so gute Enkelin-Opa-Beziehungen gibt, und nimmt sich fest vor, gleich morgen früh bei ihrem Großvater im Altersheim vorbeizuschauen.

Birmer stöhnt neuerlich.

Es klingt schicksalsergeben.

20 Uhr 21

Der Ministerpräsident trifft mitsamt Personenschutz ein, an seiner Seite der Oberbürgermeister und ein Altbundespräsident sowie deren Gattinnen. Intendant Christoph Biermeier geleitet sie zu ihren Plätzen. Die Bodyguards nehmen am Bestuhlungsrand Aufstellung.

20 Uhr 29

Ron umarmt Mirabelle und Lissy. Das soll Glück bringen und ist rein kollegial gemeint. Clara erinnert der Anblick allerdings eklatant an Pythonschlangen, die sich in inniger Umarmung fortpflanzen. Sie würde gern einschreiten, aber da entdeckt sie auf der anderen Seite der Kirche, verborgen im Kulissenschatten, den Halbbruder ihres Ex-Mannes.

Es geht los!

20 Uhr 30

Auf einer Bühne würde sich nun der Vorhang heben. Hier in Schwäbisch Hall gibt es einen Trommeltusch vom Band, das gespannte Plaudern des Publikums verstummt, dann verkündet eine sympathische Frauenstimme: "Meine sehr verehrten Damen und Herren, ich begrüße Sie im Namen der Freilichtspiele Schwäbisch Hall und heiße Sie herzlich willkommen. Dass wir Ihnen auch dieses Jahr wieder ein herrliches Programm bieten können, verdanken wir dem Land Baden-Württemberg, der Stadt Schwäbisch Hall und der Bausparkasse Schwäbisch Hall. Bitte schalten Sie Ihr Handy aus! Bild- und Tonaufnahmen sind während der Aufführung nicht gestattet. Und nun wünschen wir Ihnen gute Unterhaltung!"

20 Uhr 41
Hannes, das Ein-Mann-Allroundorchester, und Benno mit der Blockflöte haben ihren Einstand gemeistert. Entgegen Schudrows wildesten Befürchtungen liefern die beiden keinen atonalen Katzenjammerblues, sondern fetzige Livemusik.

Die ersten Füße wippen.

20 Uhr 59
"Wir haben Grund zu der Annahme, dass dieser Mann hier ein Verbrechen verüben will", sagt Gesine zu den beiden Maskenbildnerinnen, die sich vor dem Eingang zum Class-Gebäude eine Rauchpause gönnen, und zeigt ihnen ein Foto von Tobias Klinghammer. "Haben Sie ihn heute Abend gesehen? Wissen Sie, wo er jetzt ist?"

Die Frauen schütteln doppelverneinend die Köpfe.

21 Uhr 12
Clara, die immer noch ein wenig nach Leim riecht, weiß, wo Tobias Klinghammer ist. Er steht auf der anderen Seite der Kirche und starrt Ron Raimundo nach, der gerade wie ein junger Gott (Claras Interpretation) die Stufen hinunterschwebt und wuchtig sein *Pharao, nur dir dien' ich voller Treu* schmettert.

Claras rechte Hand klammert sich um den Wehrmachtsrevolver in ihrer Handtasche. Wenn Klinghammer auch nur mit der Augenbraue zuckt, wird sie ihn umnieten.

21 Uhr 26
Clara meistert ihren Auftritt mit Bravour. (Bravourös für ihre Verhältnisse – ein Kritiker wird später schreiben: 'Der einzige Tiefpunkt dieser genialen Aufführung war die fatale Fehlbesetzung der Pharaonenenkeltochter.')

Trotz lampenfieberbedingter Schreckstarre meistert Clara typisch weibliches Multitasking: Ihr Mund singt, ihre Augen halten Ausschau nach Klinghammer, ihr Kopf denkt 'Dieser Wahnsinnige wird doch hoffentlich nicht gerade jetzt zuschlagen?'

21 Uhr 41 und 2 Sekunden
Hinter den Kulissen zeigt Gesine Bauer das Foto des Kritikerpapstes dem Bühnenbildner Mario Bottini.

Der reibt sich das Ohrläppchen und sagt: "Ja, ja doch, den hab' ich heute schon gesehen." Er schaut nach oben, in den sternenklaren Nachthimmel. "Ja, ja doch, der singt im Chor. Der ist mir vorhin erst aufgefallen, weil ich sein Gesicht gar nicht kannte, aber ich dachte mir, na, vielleicht hat er sich extra für den Auftritt den Kopf rasiert und sieht deshalb anders aus."

Gesine dankt ihm mit einem Händedruck. Seine Hand liegt wie ein toter Fisch in ihrer. Makrele. Vielleicht auch Flunder.

21 Uhr 41 und 52 Sekunden

Großer Trommeltusch: Die Israeliten ziehen aus Ägypten hinaus.

Fünfzig Haller Chorsänger und Dutzende Kinder aus allen Haller Schulen schreiten den Klosterbuckel hinunter zum Marktplatz. Allen voran Moses, der *Es sind so viele, Herr, es sind so viele* singt. Neben ihm Josua, der – da seine Trompete ja konfisziert wurde – die Ersatzblockflöte von Benno Bleibtreu am Lendenschurzgürtel trägt.

Mittlerweile schunkelt das Publikum im Takt zu den Songs.

21 Uhr 42 und 15 Sekunden

Tobias Klinghammer arbeitet sich bis in die erste Reihe vor.

Der Chor singt den Refrain *Wir sind so viele, Herr, wir sind so viele* – ein Song, dem Frühwirt sofort Duschpfeifpotenzial bescheinigen würde.

Jetzt läuft Klinghammer direkt hinter Moses alias Ron Raimundo.

Unter seinem Kostüm zielt er mit der Waffe. Aber nicht nach vorn zwischen die Schulterblätter des Tenors, sondern seitlich nach links auf die Stirn des Regisseurs.

Klinghammer hatte nie beabsichtigt, diesen Sangesknaben auszuknipsen. Von Anfang an wollte er Schudrow vom Angesicht der Erde löschen. Schudrow, diesen infantilen Möchtegern-Regisseur, der alles in den Schmutz zog, was Klinghammer am Theater liebte. Für Klinghammer hatte als Regisseur nur Berechtigung, wer sich als existenzialistischer Dramen-Ausnüchterer verstand. Für buntes Entertainment gab es das Fernsehen; Theater hatte düster und bedeutungsschwanger zu sein. Frei nach Markus Lüpertz: Kunst ist, was man nicht begreift.

Blöderweise hatte Klinghammer damals die Langhaarperücke von Raimundo mit dem Echthaarzopf von Schudrow verwechselt. Von hinten sahen sich die beiden auch verdammt ähnlich. Reines Missverständnis.

Aber heute ist ein solcher Fehler nicht vorgesehen. Schudrow sitzt – impertinent, dieser Versager – in der ersten Reihe. Klinghammer hat recherchiert und weiß, dass bei guter Einschussplatzierung die Leiche nicht in sich zusammensacken wird. Höchstens ein bisschen, was nur von den Nebensitzern bemerkt und von ihnen als nervositärer Ohnmachtsanfall fehlgedeutet werden wird. Er, Klinghammer, kann in Ruhe weitermarschieren und die Waffe von einer der vielen Haller Holzbrücken in die Fluten des Kochers werfen, bevor man merkt, dass Schudrow nicht mehr unter den Lebenden weilt.

Klinghammer lächelt.

Und singt "törö, törö, törö", weil er sich den Refraintext des Chores nicht merken kann.

21 Uhr 44 und 12 Sekunden

Sie ziehen würdevoll am Publikum vorbei: Männer, Frauen und Kinder, Hertha und ihre Ferkel, dann ein namenloses Schaf, das im Hauptberuf in einer Hängegartenanlage in der Gartenstraße den Rasen kurz hält. Vier Statisten tragen schwitzend und leise fluchend den Sarg Josephs, um ihn in der Erde seiner Väter zu bestatten. Auf Geheiß von Schudrow haben die vier Männer den Sarg mit kleinen Sandsäcken füllen müssen, damit das Gewicht echter wirkt.

Andere Statisten schwenken brennende Fackeln und die Standarten der Stämme. Dazu Freiwillige, die nur für diese Massenszene als 'Volk' mitlaufen. Einem inszenatorischen Spontaneinfall von Schudrow folgend mischen sich darunter Feuerschlucker, Jongleure, Flagellanten und Nubierinnen im heiratsfähigen Alter – sämtlich in letzter Sekunde rekrutiert.

Alles in allem keine ganz so bombastische Massenszene wie in der Filmvorlage, aber verdammt nah dran. Wirklich verdammt nah dran.

Auf der Kirchturmspitze setzt ein kleines Feuerwerk ein. Auf dem Rathausbalkon wird eine Discokugel angeleuchtet, die sich im Takt zu *Es sind so viele* dreht und magische Lichtreflexionen auf die Häuserfronten rund um den Marktplatz wirft.

Es ist epochal. Es ist grandios. Es ist zutiefst berührend. Es gibt spontanen Szenenapplaus.

21 Uhr 44 und 43 Sekunden

Klinghammer hält den Atem an.

Jetzt!

Clara bekommt von oben, hinter der Brüstung, mit, wie sich etwas unter Klinghammers Kostüm anhebt. Sie tippt nicht auf bühnenbedingte Erregung, sondern auf eine kleinkalibrige Waffe mit Schalldämpfer. Clara zieht den mächtigen Wehrmachtsrevolver aus ihrer Handtasche. Sie zielt auf Klinghammer. Verdammt, Moses schreitet in ihr Schussfeld. 'Geh weg, Ron, geh weg', fleht Clara innerlich, 'oder besser noch: Duck dich! Sofort!'

21 Uhr 45 und 1 Sekunde

Ein Schuss löst sich.

Genau diesen Augenblick sucht sich jedoch Sau Hertha aus, um sich ins rechte Licht zu setzen. Sie läuft an ihrer Schweinehirtin vorbei laut grunzend in die erste Reihe, wobei sie Klinghammer gnadenlos zur Seite schiebt.

Der Schuss geht nicht nach links in die Stirn des Regisseurs, sondern – großflächig an Moses vorbei – nach rechts und bohrt sich fünfzehn Meter weiter vorn in den bis dato gesunden rechten Fuß von Bauer zwo, der sich – als Ägypter verkleidet – auf Beobachtungsposten befunden hat. Der schmerzverzerrte Aufschrei von Bauer zwo geht im Lachen aus 2000 Kehlen unter: Alle freuen sich über die gelungene Einlage von Rampensau Hertha. Szenenapplaus. "Bravo"-Rufe.

Hauptkommissarin Bauer hat sich, als Israelitin verkleidet, von hinten an Klinghammer herangepirscht. Sie nimmt ihm in einer einzigen fließenden Bewegung die Waffe ab und legt ihm Handschellen an. Klinghammer spürt, dass sein Traum ausgeträumt ist; er schreit ein letztes Mal verzweifelt auf, wie ein Schamane, der bemerkt, dass sein magischer Zauberstab Trockenfäule hat und er nie wieder hexen kann.

In diesem kolossalen Aufmarsch geht völlig unter, dass sich Gesine – während der Zug der Israeliten an der Treppe vorbei, den Mittelgang entlang, am Rathaus vorbei und wieder den Klosterbuckel hinauf aus Ägypten zieht – mit Klinghammer im Gewahrsam seitlich von der Menge löst.

Auf dem Hintern robbt sich Bauer zwo verstohlen aus dem Bild.

Keiner bemerkt etwas. Keiner außer Klein-Torben auf der Rathausmauer. "Guck Mami!", ruft er, "eine böse Tante!" Torben zeigt auf Gesine, die in dieser Sekunde den behandschellten Klinghammer rüde in die Dunkelheit neben der Großen Treppe zerrt.

Mami guckt, sieht nichts und befiehlt: "Pscht, Torben, sonst darfst du nie wieder mit."

Die Premiere geht ungestört ihrem Ende entgegen.

21 Uhr 52

Hauptkommissarin Gesine Bauer steht mit dem festgenommenen Klinghammer vor dem Seitenaufgang zur Kirche und wartete auf ihren Assistenten Bauer.

Doch wer die Stufen herunterschreitet, ist nicht Bauer zwo, sondern Mirabelle Gessner, die Smith & Wesson im Anschlag.

Gesine und Klinghammer starren sie an, als wäre sie der Teufel im Kasperletheater, der aus der Versenkung auftaucht.

"Du Schwein!" Mirabelle spuckt es Klinghammer förmlich ins Gesicht. "So selbstverliebt in deine pointierten Spitzen! Deine Kritik hat meinem Gernot das Karriere-Aus beschert und unsere Ehe zerstört. Das wirst du mir büßen!" Sie zielt mit der Smith & Wesson auf Klinghammers Stirn.

Gesine tritt ihr die Waffe aus der Hand.

Schluchzend sinkt Mirabelle auf den schmalen Gehsteig.

Diesen Moment nutzt Klinghammer aus.

Er flieht!

So wie er ist, in Handschellen und mit wehendem Umhang, hastet er an dem Absperrungsordner vorbei, prallt gegen einen der Poller vor dem Hotel Adelshof, quetscht sich kostbare Weichteile, schreit auf, rennt weiter, den Schuppach hinunter, fällt hin, schlägt sich das Knie auf, rappelt sich hoch, rennt weiter. "Mich kriegt ihr nie!", gellt er, stolpert über seinen Umhang, legt eine spektakuläre Rolle vorwärts aufs Steinpflaster, springt wieder auf die Beine, lacht hysterisch auf, hastet weiter, prallt an der Ecke zur Marktstraße gegen einen von Gesine herbeigerufenen Streifenwagen, schlägt eine dicke Delle in den Kotflügel, wird nach hinten katapultiert ... und bleibt liegen.

Gesine, die die entwaffnete Mirabelle dem humpelnden Bauer zwo übergeben hat, kommt angelaufen, bleibt neben dem bewusstlosen Klinghammer stehen und schüttelt den Kopf. Männer!

22 Uhr 22

Der imaginäre Vorhang senkt sich. Die Uraufführung der ZEHN GEBOTE ist vorbei.

Der Applaus will kein Ende nehmen. "Bravo"-Rufe, die man bis auf die andere Kocherseite hört. Stehende Ovationen. Alle, die diesen Abend möglich gemacht haben, strahlen. "Zugabe", ruft sogar der Ministerpräsident. Das gesamte Ensemble singt gemeinsam *Lass mein Volk zieh'n!*, selbst die Mitarbeiter und Mitarbeiterinnen von Bühnentechnik, Requisite, Schneiderei und Maske singen mit. Hannes, das Ein-Mann-Orchester, und Benno an der Blockflöte geben alles. Das gesamte Publikum hakt sich unter und schunkelt. Wer sich den Refrain nicht merken kann, summt. Auch die Bodyguards der Politiker wippen im Takt. Ein paar Leute halten Feuerzeuge hoch, aber die meisten heben ihre Handys, die in ihrer Gesamtheit den Marktplatz in ein grünliches Unterwasserlicht tauchen.

Einen so innigen Moment zutiefst empfundener Verbrüderung hat es auf dem Marktplatz nicht mehr gegeben seit ... einfach noch nie.

22 Uhr 45
Nach zwanzig Minuten Standing Ovations beginnt der Empfang im ersten Stock des Rathauses. Die Ehrengäste und die Honoratioren der Stadt feiern mit den Theaterschaffenden. Der Ministerpräsident muss sich leider entschuldigen – er wird am nächsten Morgen um sieben in Berlin erwartet, aber er ist so ergriffen, dass er noch in der Nacht eine Dankesnote an den Intendanten diktiert.

Es gibt lecker Häppchen von der Bäuerlichen Erzeugergemeinschaft Schwäbisch Hall und das gute Haller Bier fließt in Strömen. Alle lachen und sind guter Dinge. "Ich habe ja bis zuletzt gezweifelt, ob das wirklich was wird", beichtet einer der Gemeinderäte, der hin und wieder den Proben beigewohnt und Schlimmstes befürchtet hat, dem Regisseur, "aber Sie mit Ihrer profunden Erfahrung haben ja von Anfang an gewusst, dass es nur dann einen richtigen Triumph geben kann, wenn zuvor alles schiefgeht. Phänomenal, Herr Schudrow, phänomenal!" Schudrow winkt bescheiden ab. Die beiden Männer prosten sich zu.

23 Uhr 11
Die Darsteller und Darstellerinnen kommen ins Rathaus, abgeschminkt und umgezogen. Sie glühen förmlich – vor Freude, vor Glück. Wer ein "Bravo!" bekommen hat, steht einfach anders da.

Es gibt Dankesreden. Fotos für die Zeitung werden geschossen. Hände werden gedrückt.

Marie Müllerschön fällt ein, dass sie Birmer vor dem Stadtarchiv vergessen hat. Sie läuft hinaus, aber Birmer ist mitsamt Rollstuhl verschwunden. Marie zuckt mit den Schultern und kehrt an die Champagnertränke zurück.

Mitternacht
Es ist wieder eingetreten: das Wunder. Das Wunder des Theaters.

Für den Bruchteil einer Sekunde ist alles gut und die Welt ist ein besserer Ort geworden.

Für diesen einen Abend, an dem es – bildlich gesprochen – Rosen regnete, hat sich alles gelohnt.

Es ist wie ein Sog, wie ein Mahlstrom zieht es dich hinein und du wirst süchtig.

Das ist Theater.

Pure Magie!

Pressestimmen

Die Zehn Gebote – Das Musical: furioser Auftakt der neuen Spielzeit
  Haller Tagblatt

Fulminante Musicalunterhaltung auf allerhöchstem Niveau
  Heilbronner Stimme

Virtuoses Sommertheater
  3sat – Kulturzeit

Die Provinz lockt mit geglückter Uraufführung
  Süddeutsche Zeitung

Sohn der Insel feiert erneut Triumph auf den Brettern, die die Welt bedeuten
  Juister Strandlooper

Epilog

The Show Does Go On

Nach der offiziellen Premierenfeier gab es bis in die frühen Morgenstunden eine inoffizielle Feier im Anlagencafé. Es war eine warme Nacht und unter bunten Glühbirnen lagen sich alle Akteure noch ein letztes Mal in den Armen. Manche mehr als andere.

"Tja, dann heißt es jetzt, Abschied nehmen." Schudrow sah auf seine Schuhspitzen. Geflochtenes italienisches Leder. Klinghammer, der mit einer leichten Gehirnerschütterung im Diak lag, würde sich wegen mehrfachen Mordversuches verantworten müssen. Aus einem ihr unerfindlichen Grund hatte Hauptkommissarin Gesine Bauer das Lasker Schudrow persönlich sagen wollen.

"Vielleicht können wir uns ja mal so treffen?", schlug er vor.

Gesine hob die Augenbrauen. "Ein Date?" Ein Date mit einem ehemaligen Verdächtigen?

"Äh ... ja." Schudrow errötete.

Gesine wusste nicht, was sie sagen sollte. "Ja ... oder vielmehr ... nein ... ich meine, mein Terminkalender ist proppedicht. Urlaubsvertretung. Attentatswelle ..."

Aber einem Langhaarträger hatte sie noch nie einen Korb geben können.

Ihren ersten gemeinsamen Urlaub verbrachten sie schon einen Monat später auf Laskers Heimatinsel Juist bei Mutti Schudrow.

"Ich bin dann mal weg!"

Franz Finck winkte in die Runde seiner Kollegen. Er hatte es eilig. Es galt, eine Homepage zu gestalten. Er wollte schnellstmöglich seine Ein-Mann-AG gründen: den individuellen Begleitservice Leckermann.de. Was er noch nicht wusste: Sein Kleinunternehmen wurde ein durchschlagender Erfolg. Allein die Damen seines Fan-Clubs hätten für ein Auskommen mehr als gesorgt, aber durch ihre Mund-zu-Mund-Propaganda wurde er bald schon der gefragteste Gigolo seit Porfirio Rubirosa.

Liese von Bühlow und Jean Belmont trennten sich am Tag nach der Dernière von Die Zehn Gebote.

Jean befand, dass seine Knochen langsam zu alt für gefährliche Stuntarbeit wurden. Er sattelte auf fliegender Markthändler um und kam noch oft nach Schwäbisch Hall: Immer, wenn auf dem Sparkassenplatz der Französische Markt war, verkaufte er 'Choucroute auf die Hand'.

Liese arbeitete weiter als Regieassistentin und wurde später Leiterin der Bad Zwickauer Theaterbiennale.

Pawlow und Rainer Kowalewski verbrachten noch viele schöne Jahre miteinander. Kowalewski verdiente sich ein Zubrot zu Hartz IV, indem er Pawlow in diversen Werbespots auftreten ließ, zuletzt in einer Neuauflage von *Prachtskerl – dank Chappi.* Hin und wieder schaute Kriminalassistent Bauer zwo vorbei, trank mit Kowalewski ein Bier, sah sich alte Gruselklassiker wie Die Mumie auf DVD an und ließ sich von Pawlow ablecken. Auch wenn er hinterher immer wochenlang an eitriger Gesichtsflechte laborierte.

Die fünf Musiker waren nach vier Tagen vom Noro-Virus genesen. Das Norman-Bates-Haus musste anschließend verkauft werden.

Benno Bleibtreu verlobte sich mit Eugen Cara und schloss sich dem Quintett an. Bald darauf gingen sie als "Die Gebrüder Cara-Masoff" auf Tournee. Höhepunkt jeder Vorstellung war Bennos Hummelflug-Blockflötensolo.

Dietrich Birmer erstattete keine Anzeige gegen Marie Müllerschön. Nach seiner Selbstbefreiung wurde ihm klar: Das Eingeschnürtsein weckte nie gekannte Gefühle in ihm. Die beiden führten seitdem eine lose Beziehung. Jeden zweiten Monat entführte sie Birmer zu kleinen Fesselspielen. Zuletzt experimentierten die beiden mit hautfreundlichen Seidenseilen. Birmer hat Marie allerdings nie für eine Rolle engagiert. Dafür war sie einfach eine viel zu grottenschlechte Aktrice.

Mirabelle Gessner kam mit einer Verwarnung davon und musste ihre Smith & Wesson abgeben. Sie und Gernot Haussmann ließen sich scheiden.

Mirabelle zog mit Smiley auf einen Bauernhof ganz in der Nähe des Freilandmuseums Wackershofen und eröffnete mit Mutterschwein Hertha und dem dazugekauften Schwäbisch-Hällischen Eber Holger (der in Hertha den Schmetterling sah und sie damit zur glücklichsten Sau der Welt machte) eine florierende Zucht. Mirabelle wurde mit Haut und Haaren Schweinebäuerin.

Smiley fuhr hin und wieder ein paar Tage an einen unbekannten Ort, um 'etwas zu erledigen'. Sie erfuhr nie, dass er von Beruf Auftragsmörder war. Die beiden lebten zur Gänze von Mirabelles Erbe; seine Honorare spendete er in voller Höhe der Tibethilfe und dem Buddhistischen Freundeskreis Berlin.

Die fünfzehn Ferkel von Muttersau Hertha überstanden die abenteuerliche Theaterarbeit auf dem Marktplatz zu Schwäbisch Hall wohlbehalten. Sie wurden anschließend in artgerechter Haltung zu glücklichen Schweinen gemästet. Doch schließlich kam der Tag, an dem sie allesamt geschlachtet und zu Wurst verarbeitet wurden. Carina Poppinga vom Tierschutzverein schrieb einen flammenden Leserbrief an das HALLER TAGBLATT, in dem sie diese "Morde" anprangerte. Sie wurde daraufhin zur fanatischen Veganerin. Sonst aber niemand. Die Schinkenwurst schmeckte einfach zu gut …

Was aus Gernot Haussmann wurde, ist nicht bekannt. Möglicherweise änderte er jedoch seinen Namen und wurde Kritiker. Da war ja nun eine Stelle vakant.

Tobias Klinghammer kam nicht wegen mehrfachen Mordversuchs hinter Gitter, wurde aber auf Anordnung des Gerichts in die Psychiatrie eingewiesen. Dort schrieb er in einer regelmäßigen Kolumne Rezensionen des Kantinenessens für die Patientenzeitung IST JA IRRE.

Erhard Frühwirt ging nach der Saison der Haller Freilichtspiele auf Tournee mit dem Neffen seiner ersten Frau. Einem gewissen Rolando Villazón. Mit ihren Tenor-Duetten gastierten sie zuletzt an der Metropolitan Opera.

"Glücklich, Schatz?"

"Hm, sehr!"

Sie lagen auf den Sonnenliegen des Solebades Schwäbisch Hall und genossen die wohlige Schwere nach einer ausgiebigen Atemsession unter dem Inhalierpilz.

Am frühen Nachmittag würden sie im barocken Rathaus standesamtlich getraut werden.

Sie drehte den Kopf zur Seite und sah ihn – fast mütterlich – an. Sein Haar, das ein wenig schütter wurde, seine Wangen, die im Liegen wie Hamsterbacken der Schwerkraft folgten und durchhingen, seine Oberkörpermuskulatur, die von einem Sixpack so weit entfernt war wie die Erde vom Jupiter. Aber dennoch: bei seinem Anblick wurde ihr ganz warm ums Herz.

Es war nur leider so, dass Männer höchst selten von allein wussten, was gut für sie war. Dazu hatte der liebe Gott die Frau erschaffen: damit sie es dem geliebten Mann sagte. Notfalls immer und immer wieder.

"Natürlich kann ein Mann immerzu ein- und dieselbe Frau lieben", erklärte sie ihm, nur zur Sicherheit, ein letztes Mal. "Ein Geiger braucht für ein- und dasselbe Musikstück ja auch nicht mehrere Violinen."

Er griff lächelnd nach ihrer Hand. "Ja, Schatz."

Dann wanderte sein Blick zu den Kurven der aufregenden Blondine zwei Liegen weiter rechts.

Clara Pauly heiratete in zweiter Ehe den Tenor Ron Raimundo. Sie wurde die Managerin ihres Mannes und ermöglichte ihm eine internationale Karriere als Swing-Sänger. Und weil sie ihn keine Sekunde aus den Augen ließ, war er ihr ein absolut treuer Gatte.

Sie beichtete ihm nie, dass sie mehrfach versucht hatte, ihn umzubringen. Auch wahre Liebe muss nicht alles wissen. Den Wehrmachtsrevolver ihres Großvaters väterlicherseits bewahrte sie jedoch auf: nur für den Fall der Fälle.

Die beiden führten eine exorbitant glückliche Ehe. Und wenn sie nicht gestorben sind, dann leben sie noch heute ...

Dank

Dieses Buch spielt zwar in Schwäbisch Hall, wurde aber überwiegend auf der ostfriesischen Insel Juist geschrieben – dank des Töwerland-Stipendiums. Ich möchte mich in diesem Zusammenhang bei Buchhändler Thomas Koch, Krimiautorin Sandra Lüpkes, Uda Haars vom Haus Petra sowie dem Ehepaar Rinderhagen und Frau Müller vom Hotel Meyenburg ganz herzlich bedanken.

Meiner wunderbaren Lektorin Isolde Bacher gilt mein aufrichtiges "Merci vielmals!"

In erster Linie möchte ich mich aber bei dem gesamten Team der Freilichtspiele Schwäbisch Hall bedanken – insbesondere bei Intendant Christoph Biermeier (der mitnichten immer nur am Fenster seines Büros steht, aber tatsächlich gern Gummibärchen nascht) – für die herzliche Aufnahme während meiner Recherchen und die freundschaftliche Unterstützung. Es war eine schöne Zeit!

In memoriam:
UnverzichtBar

Lektorat: text_dienst · Isolde Bacher, Stuttgart
Satz und Layout: Büro Langemann, München
Cover: D. Geiger, K. Wells GbR –
Neues Sortiment, Karlsruhe

ISBN 978-3-89929-113-1